一个人的心能走多远

杨伟智 著

文汇出版社

图书在版编目（CIP）数据

一个人的心能走多远 / 杨伟智著. —上海：文汇
出版社，2023.11
ISBN 978-7-5496-4182-6

Ⅰ.①一… Ⅱ.①杨… Ⅲ.①散文集-中国-当代
Ⅳ.①I267

中国国家版本馆 CIP 数据核字（2023）第 240357 号

一个人的心能走多远

著　　者 / 杨伟智
责任编辑 / 熊　勇
装帧设计 / 书香力扬

出版发行 / **文匯**出版社
　　　　　上海市威海路 755 号
　　　　　（邮政编码 200041）
经　　销 / 全国新华书店
印刷装订 / 四川科德彩色数码科技有限公司
版　　次 / 2024 年 1 月第 1 版
印　　次 / 2024 年 1 月第 1 次印刷
开　　本 / 880×1230　1/32
字　　数 / 190 千
印　　张 / 8.125

ISBN 978-7-5496-4182-6
定　　价 / 68.00 元

自　序

　　翻阅这本集子，感慨良多。记得重庆市委组织部发文批准我退休的那天夜里，毫无睡意。想一想，44年工龄呐，不长也不短。我敢说，从年轻到如今，从西南到北疆，从平时到战时，从军队到地方，我都尽力扮好生活赋予的每个角色，没敢丝毫懈怠过。

　　终于赋闲在家，如何打发时光呢？在几个年轻朋友撺掇下，我学着写了几首歌，竟然在新华网等媒体和电视台刊播。我赶紧向38年前介绍我加入省作协的老作家敏捷老师汇报，他告诉我："坚持创作值得称赞，在完成短平快作品的同时，你最好把这些年来发表过的东西整理结集，也算一个人生总结吧！"敏捷老师八十多岁了，1982年当刊物总编时发过我的小说《肖二哥轶事》，当年还获得了刊物头奖，之后便有了书信往来，陆续又发了我的一些其他作品，直到1985年我调回重庆才首次谋面。他是我的师长，他的话我必须听。

于是我开始收集整理文稿。经过半年多努力，这本散文集顺利付梓了，我也终于了却了一桩心事。虽然这些文字差不多已公开发表过，有的还获过奖，但我毕竟笔拙，作品不多，可供选择的范围自然受限，集子质量也就可能贻笑大方了。

即便如此，我还是要感谢梦想。梦想是产生激情的元素，梦想是飞向彼岸的翅膀。小时候常听人们劝学时说："好好读书啊，长大才能吃笔墨饭哪！"这句沁入血脉的话，恐怕就是我儿时的梦想吧！我不知道自己长大后算不算"吃笔墨饭"的人，但我几十年来总与笔墨为伍，在与它的缠斗中吃尽苦头，也尝到甜头。它过去令我衣食无忧，如今保我养家糊口。因此，对于梦想，我不仅心存感激，更有敬畏和膜拜。

我也要感谢生活。现实生活如同北极之光，当梦想同它产生碰撞，就能幻化出万千景象。这些年我在不同地域不同环境生活过，无论在大兴安岭还是老山战场，我都竭力用心去体味和感悟。丰富的生活实践弥足珍贵，它是创作的源泉，也是人生的补品。遗憾的是我悟性愚钝，纵是走南闯北，却枉对丰富多彩的生活，难予读者明哲启悟，好在这些文字确是我的生活实录，更是我的真情展现。

我还要感谢勉励。活在人们赞赏中的感觉真的很好。《爱》于1980年11期《解放军文艺》发表后，沈阳军区评为年度优秀作品奖，师里给我记了三等功，文化科长兴奋地向每位师首长报告："我们师14年没上过《解放军文艺》，小杨突破了！"散文《窗上的冰花》在1984年东北冰雪散文大奖赛中拔得头筹，组委会奖励一辆"飞龙牌"自行车，当我读到《人民日报》对此次获奖作品的评论时，年轻的心感觉无比滋润。赞赏也是动力，人们并不吝啬表扬。这种勉励既滋养着我，也让我时刻感觉如芒在背，如鞭抽身，不问能走多远，只管踏实前行。

是的朋友，您没猜错，我还有美妙的多彩梦想，让梦想伴随一生，将拥有充实而年轻的生命。我还会仔细地感悟生活，把生活当作富矿，开采和提炼出精致人生。我还将满心地期待嘉勉，化嘉勉为动力，必定活力四射精彩缤纷。

一个人的生命是短暂的，但我们的心却能走得很远。

感谢您捧起这本集子，我更欣赏您盯着它时好看的眼睛。

杨传智

2023 年 3 月于重庆渝北火凤山奥园

目录/contents

一个人的 心
能走多远

第一辑

南北走笔写春华

一个人的心能走多远

第一章　梦随银晓河

双凤山下有一条清澈的小溪

小溪的名字叫银晓河

银晓河曲里拐弯奔流不息

浪花儿一如我的心

欢跳着流进长江

向远方奔去……

一个人的 心
能走多远

母亲的梦

1957 年农历四月二十六，是我母亲 28 岁的生日。

而巧的是，我母亲的母亲的生日同是这一天。

一天前，几近临产的母亲为给她的母亲祝寿，不顾身体不便，仍然翻山越岭，步行 30 公里来到她的娘家邹家冲。这是一个既美丽又富庶的地方，房后一片青枫林，四野油菜花开得正香正艳。夜里，母亲和她的父母、妹妹聊到鸡鸣三更，才在静谧的初夏之夜沉沉睡去，很快便进入梦乡，朦胧中幻化出一幅这样的画面：

母亲她母亲的房后井坎上，长着一棵生命力极其旺盛的桃树，桃树上的叶子一簇簇迎着阳光，在微风中不断地抖动，一颗颗晶莹剔透的露珠从翠绿的叶片上滚落下来，砸进坎下的水井里，激起丝丝绵绵般好听的声音。

不一会儿，桃叶瞬间不见了，枝头上开满了绚丽耀眼的粉红色花瓣，山风一过，香气袭人，沁人心脾。母亲抬头望去，那桃花突然间幻变成为一个个硕大的桃子，每一个桃子都像一张娃娃的笑脸，冲着她张开了甜甜的笑靥。就在母亲心花怒放地沉入遐想中时，猛见那桃树上缠绕着两条一大一小的花蛇，正在一边打架，一边拼命抢吃红红的桃子。母亲紧张得不行，她想跑着离开，可怎么也迈不动脚步。最终，那条较小的花蛇争斗不过，从桃树上掉下来摔死了，刚好摔在了母亲的脚边。大汗淋漓的母亲终于惊醒了，一个骇人的梦也结束了。

过了一个时辰，我和妹妹前后不到半小时先后降生了，降生在那个宁静的乡村夜晚。那一天，是1957年农历四月二十六日，我外婆的生日、我母亲的生日、我和妹妹的生日，都在同一天。遗憾的是，妹妹匆匆睁开双眼看了看大千世界，便永远地闭上了那双一定美得惊人的眼睛。

在我小的时候，母亲多次给我讲起那个梦。但那时年纪太小，真正的少不更事。后来，我长大了，参军了，特别是母亲去世之后，我才用心去咀嚼"母亲的梦"，这才品出了母亲那梦许多意味深长的内涵。

中华民族是龙的传人。人们对龙的崇拜在普通人心中也根深蒂固。龙乘祥云，龙腾盛世……一条看来子虚乌有的龙，寄托着人们多少期冀，多少祝福呀！蛇呢，老百姓称之为"小龙"，小龙也是龙啊！母亲啊，你是用你的梦这种特殊方式来隐晦地祈祷儿子一生祥瑞平安，里面蕴含着你对我的莫大祝福和希望哦！这是我后来领悟到的。

母亲啊，你高兴吗？

故乡的小草

　　我儿时的命运，如同我的祖国一样的命运。在那个特殊年代，华夏大地，成千上万的人都在低低吟唤着两个字：我饿！

　　我正处在生长发育的关键时期，同样不可幸免，我牙牙学语时最早学会的词组之一，听说也有那两个字：我饿！

　　母亲被罚。我的上面还有一个小名叫"五十"的哥哥，他是在我爷爷杨作之满50周岁时出生的，我的奶奶蒋文修说，就叫他五十吧，以后上学时再起个大名。可是，在我出生前，哥哥就夭折了，听说是病死的。而我时常在想，可能也与饥饿有关系吧。哥哥和妹妹都死了，我的父亲又在重庆市粮食局机关工作，每年只能在春节时回老家住上个把月。平时，我是母亲相依为命的亲人。母亲视我为"心尖尖"一点也不为过。在我两岁多的时候，有一次母亲回娘家，外公外婆让她捎点粮食回来给我熬粥。母亲当天便返回了，走到王家场，被当地人拦路检查，发现那一小袋粮食后，他们说这是破坏行为，是严重的违法乱纪，把母亲抓到一个关押了几十人的"禁闭点"看管起来，一边接受训话，一边还要参加重体力劳动，连续一个星期，母亲咬牙挺了过来。她不心痛被关押，更不心痛罚苦工，她最心痛的，是那被没收的一小袋粮食。以至后来，我都成了军官，母亲再讲到当时那帮作威作福的"执法者"，还恨得咬牙切齿。

姨妈送粮。灾荒年月，我的姨妈是幼儿园的老师。姨妈和我的母亲情同手足，因为邹家只有她们姐妹俩。姨妈也喜欢我，千方百计接济我。姨妈那时是待字闺中的姑娘家，她利用幼儿园教师的便利条件，一有机会便悄悄从幼儿园食堂偷拿一小把白米或折断成几节的几丝挂面，攒到半个月，用一片方形手帕包上，狂奔30里送到我们家，看看我，又急急地赶在天亮前返回幼儿园。每当那一个夜晚，姨妈说她身上的汗水就没干过。外婆曾经说我："你呀，是吃你妈妈的奶水和你姨妈的汗水成长的。"我信。

食堂领饭。各家各户把粮食清掉，把灶扒了，把铁锅砸了。这是当时的中国特色。在哪儿吃饭呢？集体办食堂，全中国都在办食堂。据说，那是进入共产主义的重要标志。每当开饭的时候，妈妈就叫我去领饭，多数时间，所谓的饭就是每人三四个并不很大的红苕。那时，我的爷爷已经饿死了。我依稀记得，爷爷死的时候很"胖"，我并不知道那是浮肿。我甚至想，爷爷是被饿死的吗？为什么他长得那般"富态"？有一次，奶奶对我说，快去打饭吧，去晚了，又只剩下小红苕了。我飞快地跑到食堂的窗下排队，领到了热烙烙的一碗红苕。端着碗回家的路上，我馋得口水直淌，忍不住吃着红苕回家，奶奶和母亲一看，整碗红苕都被我吃完了，这是全家三口的口粮啊！她们怎么办？而奶奶和母亲都没有打我，甚至没有骂我。只是奶奶说了一句话："你妈下午还要出工啊！"看着母亲悲戚的脸上挂满泪珠，我也无声地哭了。妈妈悲悲地说："以后好好读书吧，到公社当个干部，就吃得上饱饭了。"

10颗炒黄豆。儿时最幸福的事情，莫过于两件事：一是爸爸探亲回乡，一则可以带回炼油罐头，打开一闻，香得死人，二则每天不仅吃两顿饭，还要吃一顿夜饭，不必天黑就饿着肚子钻被窝。二是我的母亲是四乡八邻闻名的"裁缝"，手工缝制的衣服特别好，时常有人来请她去做工。近的，我会跟着去吃一顿蹭饭，远的，母亲也会用菜叶给我包几片喷香的猪肉回来。那年月，绝大多数家庭都是不吃晚饭的。我很小，不吃饭根本睡不着觉。我在母亲身边磨叽，但她丝毫不为所动，只一个劲地催我洗脚睡觉。这个时候，和我母亲关系特别好的淑清大姐就会出现在我们家，劝我妈妈给我弄点吃的，还给我递眼色，暗示我快给母亲跪着求情。这时，母亲总会从柜子里抓出一撮黄豆，数出十粒用舀饭的小铜瓢盛着，放在火盆上炒给我吃。而她是绝不吃一粒的。

母亲啊，不懂事的儿子难为您了！

饭先祭天。我在饥饿中顽强生长，已经 5 岁多了。由于饥饿，我对粮食和生长粮食的土地有一种天生的感情。一次，我和一个小伙伴到河沟去玩，发现有块十平方米的水田垮塌后被遗弃。我俩用树棍自制了一张犁杖，翻田、蓄水、插秧，几个月后，居然收割了一大捆水稻。母亲很高兴，在中秋节那天用我种的水稻蒸了新米饭，没有掺一粒杂粮。米饭看上去很油性，白得耀眼。母亲盛好一碗米饭后，奶奶端到屋外的地坝中央，说是祭天，感谢老天爷的恩赐，乞望风调雨顺，来日红火。而我躲在屋角暗想，那是我亲手种的呀，为什么先给老天爷吃。但在我的心目中，通过耳濡目染，我知道，老天爷是万万得罪不起的。刚才那种杂念，都是对天神的亵渎啊！而潜意识中，我已经明白，天神是虚幻的，我的肚子饿是真实的。没有自己动手，没有一个春夏的辛苦，哪来这碗白晃晃的米饭？

故乡是一本读不完的书

严格意义上讲，我外公那个家族可谓是"读书人群"，出了不少"先生"，至今还有好几位是中小学老师。爱书、爱读书、爱教书，是邹家的"祖传"。而我们杨家从祖上开始，多是经商，做盐巴生意，但都没太多的文化，以至于后来底气不足，便逐渐衰败了。因为我父亲在重庆工作，字写得很好，算是杨家的"文化人"了。母亲从小生长在颇具文化氛围的家族，尽管因重男轻女使她没有读过很多书，但她知道文化对一个人十分重要。在我不到6岁的时候，父母亲就开始为我进学校煞费苦心。那时是春季入学，不到6岁是坚决不收的。母亲为我能在6岁前读书，不知找了老师多少回，人家才最终答应收下我这个跟课桌一般高的学生。

哭泣的桂花树。我的启蒙学校是一座村小，坐落在双凤山的垭口上。校舍实际上是由一正两厢的一座不大的庙子改成，砖石结构，青瓦覆顶，正门前一块小坝子，几步石梯下来，又是一块稍大的坝子，那成了我们课外活动的场地。我们学校的条件十分简陋，课桌是土台，凳子是石头上搁树棒，窗子上什么也没有，到了冬天，山风袭来，发出"嗖嗖"的怪叫声，既让人害怕，又冷得上牙直硌下牙。我特别喜欢夏秋。进入八月，学校厢房前两棵对称的百年桂花树，花繁叶茂，暗香浮动，常常让人充满遐想。

一个人的心
能走多远

1967年夏季的一天中午，我和几个同学决定要"经风雨，见世面"，斗胆跑到学校背后的堰塘洗澡。我们都不会游泳，但耳畔响起伟大领袖的教导，便浑身热血澎湃，胸中壮志凌云。我们呼呼啦啦跳进水里，那种惬意，那种豪迈，至今都难以忘怀。谁知乐极生悲，我和另一个同学差点淹死堰塘，上岸一看，衣服也不知什么时候被人抱走了。太阳偏西，我们还没回家，母亲邀约另外几个家长寻来，见到我们的狼狈相，顿时火冒三丈。回家两公里路程，我是一直被母亲手中的黄荆条打着回家的。晚上，我们满院子20多户人家集聚坝子乘凉，母亲的气已消了，她喃喃地说："你要是淹死了，我也不会活下去，我就你一根独苗啊！"

　　妈妈很快写信同爸爸商量，把我转学到离家远一些的一所公办完小，我的一个堂姐在那教书，让我寄宿在她家里。离开双凤小学的时候，我最舍不得的是那两棵桂花树。我在心中向它告别，用手轻轻地拍它树干，我仿佛发现桂花树在哭泣，米粒般大小的桂花像泪滴掉到地上，无声无息。我心里明白，秋意逐渐浓了。

　　平生仅有一次逃学。到太和完小读书，教学条件有了很大改观，教室里外抹了雪白的石灰，窗上安装了玻璃，桌椅虽旧，但一人一套，黑板也比村小光亮。还有校长、教导主任，老师中还有戴眼镜的人，显得极斯文。学校里有篮球、乒乓球，还有手风琴、开水炉，上下课不再摇铃铛，而是敲吊在黄桷树上的一口钟，那声音很清脆，很悠长。学校就在乡场边上，我又寄宿在当老师的堂姐家，感觉已经在天堂。可是，过不多久，我就发现住在堂姐家并不好，一则她对我看管太严，连近在咫尺的乡场都不准去；二则她经常给我母亲告状，说我上课有时交头接耳，作业做得马马虎虎，早上起床动作不快，等等。母亲少不了训斥我，而我却反告姐姐对我不好，并坚决要求走读。母亲许是舍不得我一人在外，就同意了。今天想来，我觉得很对不起姐姐，曲解了她的良苦用心，一直不好意思向她当面致歉。

不再寄宿学校了，不必每天做那么多课外作业了，我又像放飞的小鸟，一头扎进小伙伴堆中，一任不羁的心自由翱翔。清晨，天刚蒙蒙亮，我便起床，匆匆扒几口早饭，便挎上书包，吹着竹笛，跨沟过涧 10 多里山路赶到学校。放学后，我有时要悄悄到食店里买一碗海带汤，就着一碗米饭吃下去。那个感觉真好。1968 年 12 月 26 日，是毛主席 75 岁生日，我们学校借这个吉日成立工人宣传队，全校停课一天，但要求所有学生必须到校参加这个重大活动。我和另外两个同学走到半路后，突发奇想，决定逃学，到山上玩一天。我们来到一口池塘边，偷来老乡家的干柴烤火，并打赌让一个叫李德普的同学下池塘游泳。只要他真敢下水，我输他一副乒乓球拍，另一个同学输他一条皮腰带，而且当场兑现。李德普真的脱光衣服跳进池塘，扎破那层薄薄的冰面，泅水一圈，池塘里顿时升腾起白白的气氲。我们兑现了，也后悔了，一怕他生病会死掉，二怕学校追查逃学原因。这事后来还是被家长知道了，从学校到家里，他们都觉得这是不可饶恕的错误，母亲怒其不争，骂我、打我，又写信向父亲告状。他们苦思冥想，最后决定待我小学毕业，便将我送到离家更远的社坛中学读书，因我的四外公和两个舅舅在那里当老师。只有交给他们，我才能学到知识，又不会变坏。

这是我进过的第三所学校了。

我喜爱读书，特别喜欢那些课外读物，《水浒传》《后水浒》《三国演义》《红楼梦》《墙头马上》《青春之歌》《三家巷》《绘图再生缘》等小说以及一批二战时期特别是反映苏联红军的外国小说，我都从同学或朋友处借来阅读过，有的甚至看到了痴迷的程度。我在中学时文科成绩一直很好，写的作文时常被老师抄成大字报的样式张贴到学校的"学习园地"，老师夸奖我，同学羡慕我，少年的虚荣心得到了极大满足。我的语文老师霍永堂多次向我展示一本名为《草地》的杂志，那上面有他在阿坝州教书时写的一篇散文。看他扬扬自得的神情，我在心底暗想，不久的将来，我也要写作品，我也要当作家。这种想法，在当时是绝对"反动"的，社会上正在批判"万般皆下品，唯有读书高"。可是，我始终感觉不到这句话错在哪里。一个人想成名成家，想多学知识，为什么就会与社会格格不入呢？虽然想不通，但我读书的劲头一直没有衰减。"书中自有黄金屋，书中自有颜如玉"，这句话已经深深地刻在了我的心灵中。

现在想，在社坛中学读书的时光，对我锻炼最大。起初，我住在姨妈家里，一年后，我又搬到外婆家住宿，自己做饭吃，自己管自己。那时，我实际上还是一个十二三岁的孩子。又是一个冬天，学校通知我们，放假一周。教室腾出来让野营拉练的解放军8042部队官兵住。那些天，我们无不处在极度的兴奋之中，天天都要跑到学校去，打听解放军什么时候来，看看解放军是什么样子。他们终于来了，我们学校师生和驻地群众到公路边列队欢迎解放军，学校的《智取威虎山》剧组和《沙家浜》剧组穿上演出服装，脸上描眉抹红，在欢迎队伍里格外显眼。我在《沙家浜》剧组，我是"沙奶奶"的儿子"沙四龙"。我在剧中的打扮是穿一件红背心，外罩一件白衬衫，不能系扣子。那可是大冬天啊，我冷得鼻青嘴乌，但胸中却好似揣着一团火。当解放军真好，他们什么都好。我们这帮学生跟着他们转，怎么也看不够。第二天，解放军把好几块黑板抬出室外，用彩色粉笔写上"热烈欢迎师首长检查指导"。原来，师首长要来！我们吓得躲到了远处。那个从吉普车上下来的"师首长"披了一件大衣，被一群人簇拥着，可惜我们没有看清什么模样。

长大了要当兵！我第一次有了这样强烈的感觉。但是，我是独子，人家要吗？

从来读书长精神。为了让我能受到更好的教育，父母亲决定再次让我转学，到丰都县第二中学就读，那里不仅有我的姑父在当老师，更因为丰二中的前身是1939年创办的"琢成中学"，一所具有几十年历史的名校。这所学校坐落在长江边上的高家镇，它的条件就更好了，有学生宿舍，有游泳池，有高高的围墙，有富有个性的绿化，有来自上海、成都、重庆的老师，他们大都毕业于复旦、川大、西师等著名高校，很令我们肃然起敬。高家镇是一个拥有几万人口的水码头，生活在这里，信息量大，接触的事物更多。随着年龄增长，我也开始用脑子思考自己的未来，憧憬梦中的理想生活。我已经完完全全地相信，只有读书，才是我们这代人最好的出路，即使走不通，也为今后的工作、生活做一些素质储备。俗话说，技不压人，知识多不是也不压人么！因此，我依旧拼命读书，特别喜欢同我敬佩的老师对话、沟通。他们也给予我很多的支持、鼓励和人生引导。我终生感激这些诲人不倦的师长们。每到周末，我就和同学邀约一起，乘渡船过江，然后步行几十公里回家。有一次，我走到亮灯时分，月黑夜里怕得要命。到了银晓河口，离家只有两公里了，山野人家早已睡下。看着路边一座座坟茔和黑黢黢的山影，想起儿时听的那些鬼故事，我不敢再走了，蹲在地上一边哭泣一边声嘶力竭地喊妈妈。现在想起来，都感觉毛骨悚然。每次回到家里，我特别喜欢同大人们一块摆"龙门阵"。我们住的院子很大，几十户人家全姓杨。满院子一转，会听到很多新鲜事，而好多事都会引发我的联

一个人的心
能走多远

想，比如某某的亲戚被推荐上了大学，某某新介绍的女朋友长得特别乖，某某又被县里招工进了厂，如此等等，不一而足。但我最喜欢的，还是夏夜里和人们一块乘凉，我们都喜欢听淑清大姐讲故事。淑清大姐的父亲过去是旧军阀的营长，他们一家人随部队转战巴渝两地，经常听戏文，知道的故事多，什么牛郎织女、七仙女下凡、许仙白娘子、薛仁贵征东、孟丽君与皇甫少华、孟姜女哭长城、梁山伯与祝英台、八月十五天门开，等等，人们听得津津有味，意乱神迷，引起无限遐思。我也躺在竹床上，一边听故事，一边看夜空中繁星点点，月隐月现。那份惬意，真如神仙般的日子。后来我热衷文学创作，28 岁便由重庆市作协秘书长、著名儿童文学作家张继楼和《乌江》文艺杂志社主编刘敏捷二人介绍加入四川省作家协会，跟少年时代听了那么多故事不无关系！

我在丰二中的教室背靠长江，只一掉头，就可以看见长江中的各种船只上走下游。我在想，要毕业了，我怎么办？我会乘船远航吗？

丰二中，我要感激你，是你给了我式多知识，也给我的心装上了翅膀。而弥足珍贵的，还让我认识了她、我现在的夫人——丰二中的同班同学黄岫岚。这是上天赐予我的尤物，也是丰二中赐予我的姻缘。现在，我们时常在一块儿回忆中学时光，哪怕互相取笑，互相"揭短"，我都会感到无比的幸福。有一年，我们夫妇带上小学的儿子到丰二中看望老师，讲到当年的情景，儿子突然道："好哇，你们上中学就耍朋友！"我说："儿子，我和你妈是同班同学，我们也很要好，但绝不是耍朋友。"儿子瞪着亮晶晶的双眼看看我，又看看他妈，不知道信还是不信。顿了一会儿，他做了一个鬼脸，说："我才不学你们这样的坏学生。"刹那间，逗得大家哈哈大笑。

青春梦飞翔

　　中学毕业了，我自以为是纯粹的青年了。是青年就要让豪情的种子在心田茁壮成长，像飞奔的骏马驰骋在人生的疆场。

　　办个证明好艰难。从丰二中毕业后，我还想继续读书，但因为频繁转学，再加偏科，我的数理化成绩较差。正当我身处极度痛苦的时候，父亲来信了。他在信中说，你到重庆来读书吧，但你在这个假期里必须办好一份学校出具的证明，有了它，不用考试就可以入学。我的心中又燃起了希望之火，第二天便赶到丰二中，找校长、找老师，可他们都不愿意盖那枚象征权力的公章。回家后，我把情况告诉了母亲，她说，去找你姑父吧。姑父正在老家休假，我又连夜步行40公里山路，赶到姑父家。他说，我只是一个丰二中的老师，能不能把章盖下来的确没把握，但我会尽力去做。我陪姑父坐车坐船又到学校，软磨硬泡，仍然不行。但我不愿放弃，独自赶到丰都中学找熟人，依旧碰得头破血流。为了抢时间，我又连夜到社坛中学，听说四外公到大堡公社去了，又摸黑步行15公里追踪而去，当时已是深夜，人家说四外公下午就离开了。我沮丧之极，拖着疲惫不堪的脚步、饿着肚子再返社坛场上，住到一个叫蒋德华的初中同学家里。第二天，另一个同学的哥哥黄永康听说我的窘境后，说，这事简单得很，我来给

一个人的
能走多远

你办。想想这些天的遭遇，看看脚上一串串水泡，我哭了。我给同学的哥哥深深地行了一个礼，怀揣着盖了章的证明飞奔回家，又飞快地赶到公社将证明寄给父亲。大约过了半个月，父亲回信了，说证明寄晚了，学校已经开学了。

我的心凉了。我没哭，我在心里诅咒，这命运我决不屈服，决不！

我的"大学"。人生的起点有高有低，我现在回到了最低的起点上。我没有能力修改自己的人生长度，但我可以改变人生的宽度和深度；我如果不能拥有美好的人生，但我必须拥有美好的人生观；我如果不能拥有令人仰慕的高起点，但我必须拥有追求高起点的理想和信心。这就够了，很好。这是我的人生态度。

我的起点在双凤山下，在我的户口所在地。那个时候是集体劳动，磨洋工，记工分。我也加入了这个行列。虽然年纪尚轻，但我什么活都得干，挖地、锄草、犁田、栽秧、担粪、送公粮，一切男人们做的活，我都能干，而且干得很好。不久，我当了生产队的民兵排长，那是生产队革命领导小组成员，隔三岔五是要开会的，开会就意味着轻闲，开会也同样有工分。在同龄人中，他们简直嫉妒死了，我又隐隐感到了一丝得意。回乡劳动无疑是艰苦的，我们那时特别盼望老天下雨，一下雨，就不出工了，三五成群打扑克，过得倒也自在。我老家后面有一架很高的大山，山上有我们的土地。每次到后山顶劳动，是我最开心的日子。因为在山顶上可以看到高家镇、丰二中以及长江中的船，听得到轮船悠扬的汽笛，还可以心驰神往美丽的校园、繁华的街道、我亲爱的同学。在这样的环境中，我儿时的梦想变得趋于实际，理想主义的色彩已不显浓。我那时想，今后能成为城里一个放电影的人该有多好！白天走乡串寨，晚上放一场电影，这是多么富有诗意的快活事情。实在不行，当一个老师也不错，上衣兜里别两管钢笔，一看就是吃笔墨饭的体面人，总比种地强啊！

梦想归梦想，活儿还得照样干。这是我的起点，也是我的"大学"。我知道了农民的艰辛，知道了不同的节气，知道了粮食的珍贵，知道了劳动的价值……这些知识和道理，我可受用一辈子啊！当然，我也有很多苦中作乐的时候，吃生酒、喜酒，逢年过节，赶场天买回两斤猪肉，乡邮员送来一封同学来信，都会令我激动万分。

我的"大学"啊，何时何日是尽头？

不当军官誓不还。在生命的原野和人生的旅途上，人们的起点可谓无处不在。我开始重新思考和调整我的起点。一个人选好了起点，就等于找准了成功的方向；一件事选对了起点，就等于开创了美好结局的一半；一个目标划分好了起点，就等于缩短了成功的距离。我陷入了苦苦思索。当时，举国上下都在开展蓬蓬勃勃的"批林批孔"运动，公社要求每个大队挑选一位理论辅导员，到区上参加统一培训，然后集中到全区各地巡回宣讲。我很幸运参加了培训，整天开始背故事，练演讲，之后又编成小分队走乡串户去宣讲，居然赢得了掌声。我暗自思忖，这样搞下去，说不定真要调我到公社工作呢！结果空欢喜一场。几个月下来，感觉锻炼不小，胆子练大了，面对那么多人敢登台讲话；口才练好了，说上个把小时不在话下；"牙祭"打够了，走到哪儿都有猪肉招待。想想，也划得来。

这条路没走出去，我又开始琢磨新道道。一天赶场，看到供销社的大门外张贴了一份毛笔抄写的简报，说是我所在的树人区农民种偏冬（一种中药材）很多，为国家做了贡献。我眼前一亮，赶紧抄在笔记本上，又到饭馆找张凳子坐下，开始认真地写起新闻报道来。不一会儿，一篇不足千字的新闻稿写好了，又赶紧从乡场上跑步返回大队，找大队长李绍文给稿子盖公章。他很害怕，说这个章盖了会不会糟，我说不会，这是新闻，是宣传，是好事。他将信将疑地给我盖了章，我又跑步返回乡场上，怀着激动的心情将新闻稿投进了邮箱。那些等待的日子，我成天忐忑不安，每天都要跑到生产队长家里看涪陵地区办的《群众报》，七天后，终于看到我的那篇稿子刊登了。那飘着油墨香的铅字，我感觉比什么都美丽。此后，我的名字不时出现在报纸上，报社给我寄来稿纸、信封、内刊资料，还给我寄来了"聘请杨伟智同志为特约通讯员"的聘书。我在当地算是"出名"了。我才17岁啊！乡邻们说，人看极小，马看蹄爪。这娃儿，打小看他就有出息。区社的领导说，你要继续努力，我们也注意培养你，明年满18岁后，争取先入党，然后搞宣传。天哪！我要走出银晓河，到公社当干部了！我每天都沉浸在欢乐中，歌声不断，笑声不断。

1974年冬天，我面临一次新的机遇和抉择。征兵开始了。我才17岁，我是独子，我有蛀牙，我够条件吗？在公社当武装部长的叔叔说，先报名吧，填表时写成1956年。我说真去呀？他说当兵哪点不好？出远门，长见识，三五年后说不定还弄个排长当当，不比窝在这里强？目测、体检、政审，一路顺利。接兵部队的领导（后来成了我的副连长）看了我在报纸上发表的新闻稿子，更是欢喜得很，说这个人我们要定了，有点小毛病都不怕。12月27日，我到公社换服装，崭新的军装穿在身上，能闻到一股清清的香樟味。当天我没回家，而是跑到另一个地方去了。因为我在丰二中读书时一个重要的同学（我现在的夫人）来为我送行，我不能怠慢人家。第二天，我们一起回到我家，我父亲也请假回来了，很多亲戚也来了。他们惊讶：这娃儿一当兵，媳妇都找到啦？我说她是我的同班同学，不是媳妇，她是来送我参军的。那两天，是我一生中最开心的日子。在码头上向父母亲告别的时候，我分明看见母亲眼里含满了泪水。母亲说，儿啊，丰都是个回水码头，你不论走多远，都要回来呀！我说妈妈放心吧，我会回来的。但是，不当军官不回家！

轮船启航了。这是我多么熟悉的长江哦！我在想，这条大江里，该有多少水流是来自双凤山下的银晓河？

一个人的心
能走多远

第二章　梦逐黑土地

白山黑水——林海雪原

哈尔滨——大兴安岭

从松花江到渤海湾

从金洲湾再回太阳岛

年轻的心长着双翅

在童话般的世界里飞旋……

战士如虹

军队是道七彩虹，战士的生活也是一道七彩的虹。虹的色彩缤纷美丽，战士的生活同样缤纷美丽。揣上青春的梦幻，我开始在广袤的白山黑水间播撒人生的彩虹。

军列向北、向北。我们丰都县当年应征入伍 800 名新兵，到高家镇又同石柱县出来的几百新兵会合，一起乘船顺江而下。到达宜昌，我们换乘军列，一路向北。起先，接兵干部告诉我们是到北京部队，我们满心欢喜。首都啊！那是毛主席住的地方，我们去保卫毛主席，这任务多么神圣。到了北京，军列没停，一路呼啸着继续北上，接兵干部又说是去沈阳部队，我赶紧翻开携带的一本《中国地图》，发现沈阳离北京也不远，离中苏边境还有那么长的距离，也觉不错。而列车一停山海关，我们蓦然发现地上满是积雪，外面天寒地冻。这在老家是从未有过的呀！不一会儿，军供站拉来了棉大衣，一人一件。我一看，大衣很破旧，上面还有陈旧的斑斑血迹，听人家讲，那是抗美援朝时的用品。身裹温暖的大衣，不禁肃然起敬。我在想，这一件大衣或许就有一段生动的故事吧？

经过七天七夜行程，我们从大西南来到大东北，深夜抵达哈尔滨市郊孙家站。所有新兵全部列队等待分配，接兵干部高声呼点名字，我被分到了师直警卫连。随后登车进城，向驻在市区的师部开进。雪还在下，风也在吹，我捂了两个大口罩也不济事，在解放牌卡车上冻得眼泪鼻涕直流。警卫连的官兵列队欢迎我们，准备了热水、挂面。我们洗了、吃了，赶快睡下了。看着窗上的冰花和窗外茫茫的夜，我在想，哈尔滨离"苏修"这么近，气候如此恶劣，我在这鬼地方待得住么？

低姿匍匐的启示。严格、枯燥的三个月新兵训练开始了，我们从立正、稍息、敬礼、齐步走、正步走、跑步走开始学起，一切都觉得非常新鲜。每一个训练科目结束后，连队都要对我们进行测验，我的成绩不算最好，但也没有不及格。而我在新兵连唯一受到的表扬，是说我注重学习，热衷发言。这在当时，是多少新兵梦寐以求的优点呀！我呢？则意味着细小工作还要主动，训练还要刻苦。军人嘛，光是看看书、发发言是远远不够的。新兵训练最后一个科目，是单兵战术，我们师部没有训练场地，就到马路对面的哈尔滨医科大学的操场上去训练。到处都是冰雪覆盖，到处都是寒气逼人。零下 30 摄氏度，我们要进行单兵战术的每一个动作训练，真苦啊！特别是低姿匍匐，四肢伏地，快速爬行，冰雪溅得满嘴都是，清鼻涕和眼泪流出来，马上就凝固在脸上，眉毛、胡子全是白的，肘关节长时间弯曲，我们不敢贸然将胳膊抻开，因为用力一抻，整个棉衣和外套就会从弯曲处断裂，有好几个新兵的袖子已经断裂了。

我趴在地上，心想，这低姿匍匐很好，趴得越低，敌人的子弹就越不容易打到我们，这是一种自我保护训练呐！人生恐怕也是如此，要低调，要踏实，太过张扬，早晚会"中弹"的。不久，我们要下老兵班了，我第一个交上了要求去炊事班工作的申请书，指导员看后笑了，问："你怎么有这个想法？"我说是低姿匍匐告诉我的。结果我分到了二排四班,我的新兵班长王玉亭又成了四班长。

第一次夜哨。我所在的 23 军 69 师,是由方志敏率领的游击队发展壮大而来的。几十年的革命斗争历史,打了不少恶仗、胜仗,创造了黄桥决战、孟良崮战役等诸多著名战例,电影《柳堡的故事》就是反映 69 师官兵风采的一部影片。我所在的师直警卫连虽然建连时间不长,但参加过珍宝岛之战,完成过许多急难险重任务。老兵们说,我们当警卫战士的,关键在忠诚、机智、勇敢,有了这三条,什么都不怕。我在心里问自己,忠诚能做到,机智要训练,勇敢呢?我才 17 岁,要是真的上战场,我会害怕吗?还在新兵时期,师机关、直属队就曾两次配合省市公安部门在黑夜里搜查苏修特务,我们把营区所有旮旯都找了,连野外的菜窖都逐个搜查过。特务没抓到,我们自己倒是受罪不少。眼看新兵生活快结束了,这天晚上班长告诉我们,从今晚开始,新兵站夜哨从过去两人改为一人担任,要提高警惕,要坚守岗位。夜里 11 点钟轮到我了,我背上自动步枪,压好子弹,一人从连队向位于营区东北边的后门哨位开进。月夜很亮,那是雪地映衬的效果。踩在雪地上,咔哧咔哧作响,声音很单调。我在心里寻思,后门哨紧邻师的禁闭室,围墙外边是一片旷野,空荡荡的显得恐怖,我若站在哨棚里,要是苏修特务来偷袭怎么办?于是,我不进哨棚,尽管里面可以抵御一下风寒。我趴到离哨棚二十米远的路边沟里,冻得钻心刺骨,也始终竖着耳朵听动静,瞪着双眼察敌情。不知趴了多久,突然听到围墙外有几个女人互相告别的对话,其中有两人进了营区。我一声没吭,待她们走过哨棚,来到我面前时,我从沟里一跃而起,用四川普通话大吼一声:"什么人?站住!"两个女人"妈呀"一声怪叫,说:"我们是师

一个人的心
能走多远

部家属，在新华印刷厂上夜班，现在回家。"另一个说，"你是新兵吧？过去我们一进门就有人问，今天还以为是漏哨了呢!"第二天，连长告诉我，"那两个是科长家属，你把人家吓得够呛。"连长接着说，"你没错，注意选地形，警惕性也高，就算口头表扬一次吧。"我心想，我是胆小才躺在路边沟里呀，没曾想因祸得福，反而受了表扬，惹得不少新兵都嫉妒我。

的确良衬衣与体育牌手表。在我们警卫连的几十名新兵中，戴手表的有四个人，我是其中一个。那是临行时爸爸送我的一块苏联产的"体育牌"手表，爸爸还给了我一件他穿过的灰色的确良衬衣，这在当年无疑是比较奢侈的商品。连队进行我军艰苦奋斗优良传统教育时，要求我们将这些物品统统寄回去，我没干，而是放进包里，再告诉领导说我寄走了。这一放就是两年多，只在夜里偷偷戴在手上，躲进被窝听那"嘀嗒嘀嗒"的声响，也会在心里涌出一股扬扬自得的神情。

艰苦朴素、战士本色，这些词汇盘踞在我们的脑海，我们自己洗衣服、钉被子、补袜子。在生活上低标准，以致后来发了新军装都不好意思穿，还得洗几道水后才穿在身上，觉得这样自在些。新兵时期开始的艰苦朴素养成，使得我们终生受用，即使后来条件好了，人们的观念也发生了极大变化，而我仍然感到生活上朴素些，是一个人良好品质的外在表现。

过生日。1975年农历四月二十六日，是我18周岁的生日。这天早上一进饭堂，大碴粥、玉米面发糕，我一看就没胃口，再看中午和晚上的食谱，都是二米饭，心想这个生日过得很凄楚。我们那时每天伙食费只有五角一分钱，平时都吃粗粮，一周一次大米饭，算是改善伙食了。我们这些南方兵，对北方的饭菜很不适应，只有将就过日子，何况我已患上了胃病。生日那天中午，我去饭堂匆匆吃了几口饭，就跑到哈医大商店，买了一瓶水蜜桃罐头和半斤饼干，独自到医大实验楼后面草坪上席地而坐，自己为自己祝贺生日。要是在家，今天肯定吃好的，来客也多，因为我外婆、我母亲都是今天过生日。现在呢？孤苦伶仃，面南而泣，甚至没人知道今天是你的生日。这样吃着想着，不禁热泪淌流，恋乡之情油然滋生。想起读过的一首名叫《家门》的诗歌，正是我当时的写照：

人生
是一部大书
读懂它的时候
我在远方流泪

母亲啊，儿子想您了，您可知道我此刻的处境和心情吗？我18周岁了，成人了，我要竭尽全力去打拼，为您、为银晓河增光添彩。我要让更多的人知道，从双凤山下走出来了一个有志气也有本事更有出息的小伙子。他正抖擞精神，他要冲刺了。可是，哪条路线更便捷？整整一个中午，我躺在清香扑鼻的草地上，构思着自己的美好未来。最头疼的，当兵仅仅是一个起点，要达到理想的彼岸，还必须选准奔向未来的一个突破口，然后才能纵深发展，扩展开来。突破口在哪儿呢？

写报纸

"一个人都有自己的某些长处，要抓住这些，拼命努力。"这是周恩来总理说过的话。在我的很多笔记本上，都能看到这句话，那是我励志的箴言。我分析过自己，论个头，不及东北大汉，论军事素质，不及很多同乡战友，论其他，更无可数之处。那么，我的"长处"是什么呢？

新兵训练尚未结束，师直工科新闻干事李开文调来警卫连当指导员，他听副连长介绍了我在家时写过通讯报道的情况后，非常高兴，立即召见并鼓励我拿起笔来，多写热火朝天的军营生活，部队很需要也很喜欢这样的人才。听他这么讲，我心里"咚咚"直跳，不无得意地想，发表过几篇小稿子，在部队也被认为是人才了。

几天后，师政治部召开年度新闻工作会，我作为唯一的新兵参加了会议。军政治部宣传处胡副处长是个很斯文的老头，到会讲了话，让我激动不已，时间太久，很多话记不起了，但有一段话让我终生难忘，他说："在今天的会上，我看到了一个领章帽徽都还没戴的新兵，尽管只有一个人，但我看到了你们师新闻工作的未来。"天哪！这分明是在讲我啊！他们寄予我多大的期望呀！两天的会议，大家了解到我曾发表过新闻作品，年龄又不大，都给了很多鼓励。那几位各团来的新闻骨干，有的连一篇稿子都没刊登过，对我更是刮目相看了。我开始感觉自己是个"人物"，心中不禁飘飘然起来。不久，我接到师宣传科通知，到军政治部办的新闻集训班学习，时间三个月。在集训班不到一个月，领导又找我谈话，让我和某团一个名叫厉启中的干部明天到黑龙江日报社找军代表报到，时间一年。当时省报一半的同志抽到农村工作团搞基本路线教育，需要一年时间，报社人手不够，便向部队紧急求援，调人到报社帮助工作。军首长一考虑，派两个新手去吧，名义上支援了他们，实际上为部队培养了报道人才，一举两得，多好！哈尔滨其他驻军单位派去的人和我们的情况差不多，没一个人是专职新闻干事。我们几个解放军统一住在报社招待所，吃饭和军代表一起，比起连队伙食，这儿简直好了多少倍。我分到了黑龙江日报理论部"学习"版，负责一些理论文章、理论动态、学习体会稿件的编辑。我所在的"学习"组还有三个人：一是组长单荣范，他是哈师大毕业的，后来当了黑龙江省委副书记，我一直把他看作我的恩师；二是编辑孙岩，北大新闻系的工农兵学员毕业，之前是一个普通工人；三是组版编辑尹立民，他是空降军的复员战士，先在报社打杂，后到理论部负责划版，来回送校样。我们四人在一间办公室，每星期负责编两个版的稿子，其余时间多是看书。我通读了《毛选》四卷，选读了不少鲁迅的作品，更多的，则是认真研读"两报一刊"的社论，这是理论部的一门必修课。开始，我编的稿子多被组长"枪毙"，慢慢摸到窍门后，编好的稿子再经组长润色逐步能发表了，我好高兴。通知作者后，人家在电话里或是写信一口一个"杨编辑"，我陶醉得快晕过去了。其间，我也写了一些理论稿子，分别发表在《四川日报》《哈尔滨日报》、沈阳军区《前进报》上，

一个人的 ♥
能走多远

父亲看到我发表在川报的理论文章后兴奋不已，在他的同事中很是享受了一番恭维。为了奖励我，他给我寄了 20 元钱，我立刻买了一台小收音机，天天晚上都要听到人困马乏。星期天回到连队，同乡战友总会说，你娃娃真能整，写上报纸啦！你这是从糠箩筐跳到了米箩筐呢！

是啊，"写报纸"，吃笔墨饭，这是我儿时的梦想啊！我从心底感激人民军队，感激各位领导，是他们给了我一切，是白山黑水赋予我灵气，我会永生永世铭刻在心的。在省报一年中，我多次下乡下厂采访，广泛接触人民群众，的确受益匪浅。第一次全国农业学大寨会议后，我到绥化地区的海伦县采访，正值全县召开大会传达全国农业学大寨会议精神，公社、生产大队的领导都来了。县委书记名叫龚文富，是个 30 岁出头的年轻人。半年前，他还是一个大队支部书记，因为创造了平原学大寨的经验，因为吃苦精神极强，他"坐直升机"到县里当了不拿工资拿工分的一把手。龚书记为人质朴，风风火火，说干就干，永远一副乐呵呵的模样。我去采访他，结果被他拉到会场，让我正儿八经坐到了主席台上，还要求大家"用热烈掌声欢迎省报的杨编辑光临指导"。我一个 19 岁的解放军战士哪里见过这个阵仗，搞得满脸通红，热汗直淌，而当时正值冬天啊！还好，随后的两天里，他时常利用会议间隙接受我的采访，我和绥化地区新闻科的一个同志很快就写好稿子，又很快在省报上发表了。嗣后，海伦县委宣传部一个同志到省报送稿，特意带了一包松子给我，说是龚书记嘱咐的，要向我表示感谢。我想，龚书记啊，你一个农民的儿子走上县委书记岗位，你文化不高，但那么能干，在上千人的大会上侃侃而谈，应该是我的榜样呐！

转眼间，1976 年元旦节到了，毛主席《重上井冈山》和

《鸟儿问答》两首著名的诗词一夜间传遍大江南北。我和报社几个同志一起连夜到大庆采访石油工人的"新年起步"活动。一个星期里，无处不受到心灵的震撼。从12月31号早上开始，大庆所有石油工人连班干到元旦节晚上，他们叫作"新年起步"，到处灯火通明，到处热血沸腾，向铁人王进喜学习的口号响彻云天，这种热火朝天建设社会主义的宏大场面，令我们激动万分。我们和工人们一起作业，一起学习元旦社论，真正的壮志凌云、豪情满怀。在当时的大庆，坐公共汽车不要钱，进公园不要钱，在职工食堂吃饭不要钱，小孩入托入学不要钱……几天下来，看得我目瞪口呆。我在心里说，理想的共产主义社会，我可有了亲身体会了。而要在全国都达到这种程度，还需要我们"继续革命，永不停息"。我们这一代人肩负的担子不轻哪！

不久，我父亲随四川省粮食征调组到了哈尔滨，那天正好是1976年的国际劳动节。父亲对我寄予极大的期望，又将自己戴的一块"东风牌"手表送给我。那时刻，我真想跟父亲一道回去，看看我日思夜想的故乡，看看我已迁到重庆的亲娘！

后来，我被师政治部调到宣传科报道组，主持全师新闻骨干培训班，并任命我为班长。师首长要求，培训班要精，一个团来一人，要出成果，每人每月平均上稿必须在10篇以上。我赶紧到各团选人，虽然挑来的都是战士，但都在省以上报刊上发表过新闻作品或其他体裁的作品，这给了我很大的信心。特别是来自某团的傅明常，我们是同年兵，又是丰都老乡。他发表过诗歌、书评，被任命为培训班副班长，成了我无话不谈的好兄弟。半年时间的新闻培训，五个同志非常用功，一有新闻线索就扎到基层采访，我们绝大部分稿子都被采用了，有的还上了《解放军报》和《人民日报》《中国青年报》，是沈阳军区当时颇有名气的一个

一个人的心
能走多远

战士报道组，好多领导见了都要夸上几句，常常整得我脸红筋胀，不好意思。

　　就在我拼命"写报纸"的时候，好事情也一个个接踵而至。先是通知我作为大连陆军学院首批学员已经上报军区审批，毕业后不仅有文凭，而且当军官；紧接着又让我填写入党志愿书，说是入学之前把组织问题解决了；入学通知还没到，师直领导又关心我让我休假回渝，看看阔别三年多的故乡。这些事都发生在1977年底1978年初，真个地把我闹懵了。突然降临的幸福，使人来不及做出任何反应。我知道，我的命运从此将会改变模样，我将是双凤山下、银晓河边走出来的一代新辈！1978年春节前，我怀着激动异常的心情，经过几天几夜的旅途劳顿，回到了父母身边，我见到妈妈的第一眼，陡然觉得她苍老了，再不是三年多来我梦中的样子。我知道，这一千多个日日夜夜，她该是多么牵挂她远在北方的唯一的儿子呀！

　　妈妈见到我，没哭，只是笑，她说，黑龙江硬是养人呢，我儿都长胡子啦！我哭了。妈妈老了，我该成熟了，我都有20岁了。我在心底一遍遍地说，爸爸妈妈，白山黑水……我爱你们！

你好，大连！

　　踏着厚厚的积雪，怀揣着青春的火焰，我走进军校，走进生命中又一个重要的驿站。我们的学校坐落在大连市郊龙王庙的渤海边上，显得美丽而宁静。学校的前身是沈阳军区军政干部学校，有漂亮的教学大楼和大礼堂、图书馆，还有校办厂、苹果园。我们全体学员住的大楼号称"亚洲第一长廊"，有一公里半长，底层是日本人修的，第二层是苏联红军修的，第三层才是我们自己在20世纪50年代修的。整幢大楼曲里拐弯，人行里边像穿迷宫。听学校领导讲，在当时全军各大军区办的学校中，我们这是条件最好的一所。能再进学堂，能在这么好的学校深造，我知足了。

　　第一课是捡粪。入校当天下午，仍然是学员报到时间。学员队领导不让我们闲着，分给我们先报到的学员一人一只粪筐，要求我们为学员队菜地做贡献，到野外去捡粪，晚饭前返回。我们心里老大不高兴，但命令违抗不得。挂上粪筐，我们三三两两结伴出行了。到处冰天雪地，周围人烟又少，到哪去捡满满一筐粪呢？

　　我们茫然地漫步在旷野中，双眼却在紧张地搜索。谁要发现一块冻干的马粪、猪粪，大家会呼啦一声扑上去拼抢，然后放开喉咙哈哈哈哈地一通大笑。我们已经游荡了很久，粪筐里仍然空空如也，于是提议到老乡家里，跟人家商量讨点粪。老乡说，你们当兵的连粪都跟我们争，我们可是种地的农民啊！地里没粪能行吗？从老乡家出来，我们很沮丧。我们知道，任务完不成，非挨批不可。于是，我们悄悄来到海边的苹果园旁，伺机到园子的粪堆上装了满满一筐粪，如获至宝地送回到学校菜地，得到了领导的表扬。多少年后，我时常为这次偷粪行为感到无比内疚。

上军校的第一课是捡粪，是我万万没想到的。而恰恰这半天捡粪，给了我不少人生启迪，我慢慢理解了学校领导的良苦用心。劳动者最光荣，劳动创造财富，劳动培养高尚人格，自己劳动获得的果实最香甜。

我在心里说，这一课没白上。

读书是美好的。20岁了还能走进学校，是我过去不敢多想的美事。重捧课本，感觉真好。我不能全然预知明天，但我可以充分把握今天。学校条件如此之好，我不能有负春光。当时，军队同地方一样，经过漫长的"文革"影响，急需各类人才。我们作为第一期学员，不可能按部就班学习几年，只能以速成方式，在紧张的一年半时间内，学完三年甚至四年的课程。一看教学计划，我们将面临大大小小29门功课，有近一半是要闭卷考试的。这可是我人生的一个浩大"工程"，我能顺利过关吗？

经过一段时间学习，我才发现，原来读书并不很累，只要吃透讲义，应付考试是没问题的。于是，我们常常带上书本笔记，提上马扎、雨衣，跑到海边的山坡上，躺在苹果树下温习功课，不论渴了还是饿了，顺手摘一个苹果，一边吃，一边想心事。那个滋味美啊！真是神仙过的日子，妙不可言。

入学不久，我赶紧办了图书馆的借书证，一有时间就和同班一个名叫李明义的同学往图书馆跑，一看就是半天，还跟管理图书的李干事成了好朋友，一些还没"解冻"的书他也借给我看。

后来被同在图书馆工作的左副校长的爱人发现了，我们和李干事差点挨处分。那两年，我读了很多课外书，对后来的工作起了很大作用。能够无忧无虑地读自己喜欢的书籍，那感觉现在想想都快活无比。

作家梦。入学之前，我在原部队写了不少新闻稿件，学校宣传处和报道组的同志也从报纸上知道我的名字。他们找上门来，要我别放弃写作，并允诺成绩突出可以留校。正好学员队成立了报道组，指名让我当组长。我愉快地领受任务后，利用业余时间写了一些稿子，学校广播站几乎篇篇播出，少数稿件还分别被军区《前进报》和《旅大日报》采用。

于是，我乘胜向前，又试着学习创作，竟然先后发表了几篇小说、散文和诗歌，其中发表在《解放军文艺》上的散文作品还获得了沈阳军区业余文艺创作优秀作品奖。这下可好，各级都高兴，他们要的是上稿篇数，至于写的什么体裁并不看重。我也很高兴，我在暗中把文学创作当作一件大事来干了。今后要当作家，连我自己都被这个想法吓了一跳。但想起上中学时霍永堂老师手挥《草地》杂志的神情，我这想法反而坚定了。

寒假历险记。鉴于学习任务很重，学校决定我们只在年底休一个月寒假。我第二次休假回渝，也回老家看望了九十高龄的祖母。一会儿重庆，一会儿丰都，时间过得飞快。离校前，学校开大会宣布了一项死规定，必须在 2 月 28 日 24 时前归队，违者，一律处分，甚至作退学处理。我精确计算了时间，父亲又托人提前订好火车通票。我们从北碚家里赶到重庆，在粮食局赵叔叔家吃晚饭，结果父亲把火车票上的时间看错了，待我们赶到菜园坝车站时，离发车只有 5 分钟了。我疯了一般冲进月台，列车已经缓缓启动，所有人都在吼叫："快！快！"当我箭一般蹿上最后一节车厢门，整个身子都瘫痪了。列车员说："好悬！你差点走不成了。"我气喘吁吁，脸色苍白，一句话都说不出来，感觉嘴里咸咸的，不知是汗水还是泪水。

第二天早晨，我在昏昏然然中醒来，发现列车不知什么时候停下了。一打听，才知车刚过内江，前方一列货车的两节车厢脱轨，正在抢修，至少要耽误六个小时。这下我傻眼了，埋怨自己没有提前一天走，只有坐待处分了。又想，这是特殊情况，是我个人不可抗拒的。于是，我找到列车长说明情况，请他给我开一个证明。这老兄很好，既写了火车晚点原因，又盖了一枚不大的公章，我像宝贝一样揣进贴身衣兜里。我打定主意，到北京后不出站台去中转签字，只要是往东北的车，我都上，能抢出一个小时也好，说明我的行动是积极主动的，纪律观念是很强的。在火车上，我将自己使用的一支刻有"《解放军报》社赠"字样的钢笔送给同座一位在内蒙古工作的重庆老乡，请他出站后给我们学校发一封电报。我将拟好的电报稿和五元钱交到他手上时，这位老乡郑重地说："你放心吧，我出站后第一件事就是帮你发电报。"

在北京站站台，我只等待了 10 分钟，就登上了郑州经北京到沈阳的列车。到沈阳时已经很晚了，问工作人员，人家说晚上没有发大连的车了，只有等明天才行。正当我一筹莫展时，刚才那位工作人员匆匆跑来告诉我，说有一列从牡丹江发往大连的临时客车，半小时后到达沈阳。我兴奋得跳了起来，抓紧吃了一点干粮，慌忙登上了这列如救星一样的火车。

待我满头大汗赶回学校向中队长报到时，离规定归队时间超了 10 分钟。我反复解释，诚恳认错，给他看了列车长的证明，他似信非信。说："全队除你一人都已返回，我们把情况上报大队了，你明天去找大队领导吧。"大队长说，"如果收到了电报，就证明你还是守纪律的，否则，按学校规定执行。"

上帝保佑！当天下午，那位重庆老乡在北京代我发给学员队的电报收到了，我长长地呼出一口气，委屈的泪水哗地流了下来。

时间就是生命，时间就是胜利；军令如山，纪律似铁。这些平时在嘴上不知说过多少次的话，此刻才体味到了它的真正含义。仔细想想，这次寒假"历险"，也千值万值！

炮声并不遥远。新学期开学不久，对越反击作战打响了。那段时间，每天都有前线的战报传达，每天的报纸都被争抢一空。我们热血奔涌，我们摩拳擦掌，我们渴望自己也能像前方的战友那样奔赴杀敌的疆场。学校召开动员誓师大会，要求所有学员随时准备上前线，为人民立功，为祖国牺牲。

南线打"狼"，北疆防"熊"，这是当时的态势。我们地处东北，警惕苏军入侵，是首要的战略任务。我和其他同学一样，递交了请战书、决心书。这决不是"作秀"，而是为民族而战的使命。没想到战争很快以我方的胜利结束了，快得如同雷鸣电闪、风卷残云。我们这时才强烈地感悟到，战争其实离我们并不遥远，赢得战争胜利必须依赖过硬本领。军人，就是为战争为和平而存在的。我还想，假如有一天，我能亲临战争，亲临硝烟弥漫的杀敌前线，那将是我一生的幸运！

当年夏天，我顺利通过了严格的毕业考试，学校宣传处、文化处分别找我谈话，希望我留在学校机关工作，我谢绝了。我是新一代革命军人，又经过军校严格培训，我的原单位在黑龙江，在御敌的第一线，那儿才是我的梦想，才是我施展才华的地方。

再见，大连！是你给了我智慧，给了我力量，给我插上了奔向远大理想的翅膀，我会终生把你思恋！

一个人的心能走多远

我心飞旋

年轻的心想得最多的，是拼搏，是奋斗，能走多远、是否成功考虑很少。我们需要的是曾经有过这样的过程，一个充满各种故事、可以回味无穷的过程。年轻时打拼过！这就够了，这就足以让人感叹，也足可使自己沉入幸福的回忆。

要下就到后进连。从大连回到 69 师驻地哈尔滨，我被任命为师警卫连一排长。当时，与我同年同乡入伍的战友还有很多没有复员，他们几乎都是士兵。而我入了党，进了军校，现在当了军官，甚至成了有的战友的直接领导，我的心里有一种别样的滋味。头一次领工资是两个月合在一起的，整整 104 元，我托《黑龙江日报》摄影部记者解小庚帮我买了一套辞海，剩下的钱请几个老乡吃了一顿川菜，顺便安慰一下他们。那天大家很动感情，有的还掉了眼泪，后来我们都喝醉了。在警卫连当排长不到一个月，师组织科就把我调去任青年干事，负责共青团工作。

我们组织科是一个很重要的部门，我年龄小、资历浅，老同志们处处关心我，帮助我，很快我便可以独当一面了。科长张世显是一个烈士后代，对自己要求很严，部队发啥他穿啥。长年住在办公室，在机关威信很高，他的人格力量对我具有极大影响。科长见我写的材料屡屡被上级刊物采用，有空还写报道、搞创作，为人也开朗、直率，一直很器重我，极力主张我下到基层连队当主官，经受实际工作的锻炼。

1981年春节过后不久，师党委决定我到警卫连当指导员。找我谈话的时候，我表示不愿回警卫连，希望组织把我放到当时全师最落后的四个连队之一——师直高炮二连任指导员。政治部首长见我有如此决心和志向，表示非常欣赏，满足了我的愿望。若干年后，老首长们回忆起当时的情景，还在不住夸我有志气。

要下就到后进连，我要看看自己究竟价值几何。平心而论，当时也是心虚的。正因为对自己没有充分的认识，我才会付出最大的努力。天下没有场外的举人，如果不试一试，谁也不知道自己的斤两。即使最后试出自己的重量不过两三斤，但我也会得到自己的东西。哪怕是小小的进步，也算是取得了实实在在的成就。如果一个人一开始就知道自己只有两三斤，那他肯定会一事无成。

爱是理解的别名。当指导员时，我才23岁多，是23军当时最年轻的正连职干部，连队很多兵都比我年龄大。到连队没几天，我真正了解了高炮二连落后的程度。首先是班子不团结，形不成核心，没有凝聚力；其次是战士不来气，不要说创造性开展工作，交付的不少任务都做不好，14年没打下过一个飞机拖靶；再次是后进战士多，有16名战士从不出早操，从不参加训练，吊儿郎当，无人敢管。还有3个"精神病人"相"配合"，搅得连队一塌糊涂。

通过大量的调查分析，我冥思苦想存在这些问题的根本原因所在。印度诗人泰戈尔"爱是理解的别名"有如一束灵光，启开了我的心灵之门。"将帅抚士卒，必如父兄于子弟""对待同志像春天般温暖""信任也是战斗力""爱的力量是无穷无尽的"……这些至理名言，像潮水般涌向我，引导我开始付诸实践。连长比我大十岁，家在吉林农村，他每次回家探亲，我都给他买一纸箱面条带上；副连长家属来队，我陪他一起到哈尔滨接站；司务长爱人带小孩住单位集体宿舍不方便，我利用出差机会专程前往协调并很快落实；我每季度给所有战士家长写信汇报他们子女的情况，对后进战士从未告过状；我的寝室从不锁门，战士们随时可以出入；一到休息的时候，我要求所有干部都到战士中间一起娱乐；我用两个星期时间蹲在炊事班抓伙食，把战士们的一日三餐提升了一个档次；战士们病了，我端病号饭，送医院，彻夜守在病床前；我在连队结婚的当晚，仍然到营门替战士站哨，与他们谈心，第二天照样出操；过去干部夜里查铺查哨穿皮鞋，影响战士睡眠，我规定一律穿胶鞋，轻下脚、轻开门；我还和二班长周天学一起创作了一首《要打翻身仗》的队列歌曲让战士们学唱，用以提振全连官兵走出低谷的决心和信心……这些看似琐事，但赢得了战士们的心。打开初步局面后，我再着手抓支部建设、骨干队伍、正规化管理和教育训练，就顺畅多了，而且很快取得了成效。当年底，高炮二连党支部被师直评为先进党支部，我个人受到师里嘉奖。初步成功使我沉浸在喜悦之中，更加坚定了带领高炮二连站到全师排头的信念。

创新的感觉真好。我意识到，连队仅此进步不足挂齿。仅仅完成任务、不出纰漏是不够的。要多出工作成果，多出先进经验，多被领导注目，必须在创新上多动脑筋，下些功夫。这是连队建设的需要，更是改变高炮二连落后面貌的需要。在军事训练上，我主张把连队9个干部编成一个炮班，同战士一样训练，一样参加考核，一样进行实弹射击，带动了全连的训练，上级肯定了我们的做法。当年夏秋之交，在吉林黑水靶场，我们连队一天击落两个飞机拖靶，在军区和军师引起了极大的轰动，上级当场表态奖励我们连队5000斤黄豆、100斤鲜鱼，我和连长双双立三等功，二班荣记集体三等功。在政治教育上，我把文学引入课堂，爱国主义教育时我给大家讲《人民日报》副刊上发表的神话故事《爱的传说》；老兵复员教育时我组织大家学习《解放军文艺》上发表的小说《最后一个军礼》；上党课时我请省电台的播音员把老作家王愿坚的《党费》《七根火柴》录成配乐朗诵拿到连队播放……沈阳军区总结介绍了我们适应战士特点搞活政治教育的经验。在后勤建设上，我们连队率先把菜地搞成塑料大棚，把生产地承包给当地百姓，还在连队养了100只鹅、30头猪，有效改善了连队物质生活，深受官兵好评。师后勤部组织全师有关干部到我连参观见学，某军在农副业生产会议上也推广了我们的经验。

这是我任指导员的第二年，连队全面建设有了长足进步，师领导多次在会上表扬高炮二连。年底，我们终于站到了先进连队的领奖台上，后进帽子从此被甩掉了。我和连长从师里领奖回来，全连同志自发地列队欢迎。他们噙着热泪，亲手抚摸着那面红得耀眼的锦旗，心里顿时溢满了从未有过的满足和充实。看着欢乐无比的战士们，想想两年来的艰辛和汗水，一股成就感油然而生。

在带好连队的同时，我也没有忘记文学创作。这一年先后发表了一批小说、散文作品。小说《肖二哥轶事》获刊物奖，散文《人参鸟之歌》《凤凰的故乡》在省电台配乐播出后听众反响热烈，中篇小说《浴》《脚印》也受到读者好评。这年8月21日，我的儿子杨柳岸也降生了。连队当时刚去黑水靶场，这是上苍赐予我的又一个战果。我直觉得，我是世界上最幸福的人，我的心似乎还可以走得更远，在更大的空间飞旋。静下来一想，要是能够"旋"回故乡、"旋"回家门该有多美！

雏燕南飞。在高炮二连工作刚满两年，师直党委准备调我到防化连当指导员。他们说，你在高炮二连干得不错，防化连现在落后了，你去把这个烂摊子收拾收拾。我答应了，做好了履新的思想准备。而调令传来，则是让我回组织科任正连职干事。重回组织科，我知道这是首长们的信任，只有全身心投入工作，才能报答组织上的培养和关心。这一年，我把主要精力放在先进典型上，先后总结宣扬了师架线连、炮团榴炮一连和苗日波连长的事迹。此外，我还下基层蹲点，搞调查研究，撰写各类讲话和经验材料，在办公室连续工作两三天是常有的事。我有比较严重的胃病，疼起来冷汗淋漓，只好用一根擀面杖抵住胃部坚持工作，时间长了，我的一件毛背心被顶出了一个窟窿，至今还被我爱人收藏着。年底，军党委评我为"干事标兵"，师党委给我记了三等功，同时被军政治部调到组织处工作，开始为大规模宣扬我师架线连吃大苦耐大劳的先进事迹奔忙。短短几个月，我和同事们跑遍了白山黑水，还到边境虎林县以及大兴安岭北坡的原始森林中住了一段时间随队采访。那些日子的确很苦，但我们内心感到特别充实。漠河白夜、额木尔河、伞莲花、人参鸟……我心中一辈子也抹不去它们的影像。正当架线连被解放军三总部联合表彰的时候，军区组织部党务处和总政组织部青年局几乎同时要调我。他们征求我的意见，我说还是去北京吧，兴许以后还会回到重庆部队。毕竟，从总政下去要方便得多，因为在此前，我利用回渝探亲的机会曾经找过鹅岭的军部，留下了自己的简历、作品，盼的是能在家门口当兵。

那时，我父母在重庆，父亲已调江北油脂储炼厂任书记，家也从北碚搬到了朝天门对面的江北城，母亲有严重的肺气肿、心脏病，小孩在高家镇由他外婆照看，爱人自己在区乡工作。一家五口四个地方，我时常感到无奈，只有调到一起才能从根本上改变现状。虽然是梦想，但也要作一番努力，或许有一天会梦想成真。因为当年母亲那句"丰都是个回水码头"的话，一直在我耳边萦绕。

到总政工作，按规矩有几个月借调试用期，不论是筹备全军青年工作会议，还是参与接待三千日本青年，我都尽心尽力，同时也在寻找调成都军区的机会。皇天不负有心人，我和成都军区干部部程功明部长、组织部的几个领导都很快熟悉起来，他们主动提出帮我调回成都军区的事，并承诺一个月内搞定。就在青年局领导确定正式调我时，成都军区的商调函也到了，我毫不犹豫地选择了后者，并谢绝到军区机关而是直接回重庆的军部。

双凤山啊！我不是凤凰，我只是一只雏鸟，但我终于在经受了11年风雨洗礼后，扑腾着稚嫩的翅膀飞了回来。银晓河啊！我从你的怀抱流进长江、奔向大海，但我永远只是它们中的一滴水。当我被蒸发而溶入云彩之后，今天又重新降落在了故乡的热土上。

第三章　梦回朝天门

踏上熟悉的土地
望着怒放的腊梅
我在心底说：
故乡啊，我回来啦！
朝天门，你真美！
银晓河，你好吗？

鹅岭远眺

　　1985 年 3 月底，我到鹅岭脚下的军政治部组织处报到。实际上，此前一个多月我就回到重庆，又赶到丰都，办理我爱人、小孩的户口和工作调动，虽然不太顺利，也总算进了我父亲所在的江北油脂储炼厂，一家人终于团圆了。报到那天，张成礼处长带我见了政治部领导和军的主要首长，艾维仁政委说："欢迎你！看了你的简历、写的材料和作品，我们很高兴。好好干吧，会有出息的。"我很感动。在军部大院，到处充溢着乡音、乡情、乡亲，让人觉得无比亲切。就连食堂的每一顿川味极浓的饭菜，我也是慢慢咀嚼、细细品味。那种回到家乡工作的特殊感觉，既让人无限愉悦，又无形中增添了巨大压力。如若干不好，才真的是无颜面对江东父老！入夜时分，我独自攀上鹅岭公园内的两江亭上，放眼望去，满城灯火，江水流光，渝中半岛恰如一艘东去的航船，朝天门正是她启航的地方。在过去的十多年里，朝天门如同故乡的银晓河一样，不知多少次在我梦里牵扯人心。今天终于回来了，我将以怎样的歌喉赞美她呢？

　　把"见面礼"攒厚些。军机关藏龙卧虎，高手如林，我该如何跻身其中，去显示自身的存在和价值？这是我初来乍到时想得最多的一个问题。当时，总政正在举办"五四"青年演讲征文活

一个人的
能走多远

动，军区催得很紧，处里原先报送的两篇征文没被军区选中，处长随即派我负责修改演讲征文，要求必保军区采用。经过一个星期苦干，不仅军区用了，评了奖，总政也采用了我们的两篇征文。处长高兴了，说："你娃儿还行!"

当时，全军整党已经开始，我在组织处发现了一份来自我们军赴南疆地区侦察作战排长付孔良的遗书，虽不很长，但写得很感人。我建议组织力量宣传付孔良的事迹，并把他的遗书作为整党学习材料发给机关干部。首长们采纳了建议，并安排我负责采写。我将此作为发挥自己特长的极好机会，克服各种困难，在较短的时间内完成了任务，《解放军报》《战旗报》《四川日报》《重庆日报》《河南日报》《中国青年报》纷纷刊登了付孔良的事迹通讯和他的遗书，在军内外引起了热烈反响，后来付孔良被中央军委授予战斗英雄称号。5 月份，我有 5 篇材料被总政、军区采用，有 17 篇新闻稿件发表，《战旗报》有一期从一版、二版到三版几乎全是我一人所写。《重庆日报》在我报到的当天刊发了我调回之前寄给的一篇散文，东北三省联合举办的"冰雪散文大奖赛"上，我的散文《窗上的冰花》获 5 个大奖中第一名的消息几乎同时传来，经老作家张继楼、刘敏捷介绍，四川省作家协会也正式批准我为第 607 个会员。不久，某师医院司药庞远贵在车祸事故中舍己救人的英雄壮举发生后，我又受命同师机关的同志一道组成写作班子采写其事迹，庞远贵后被军区授予"爱民模范"，被重庆市授予荣誉市民。"好事"一个接一个，人们此刻开始认识我、亲近我、接纳我，都说我给的见面礼很丰厚。我也得意地抿嘴笑了，但不敢笑出声。

两难选择。在我刚刚站稳脚跟，准备大干一场的时候，一件突如其来的事情搅得我心绪不宁。是年 7 月下旬，我收到吉林省

《作家》杂志社的来信，邀请我参加在长春举办的"南湖"笔会。我带上一篇小说习作去了后，主办方又动员我报考吉林省作家进修学院，脱产学两年，发大专文凭。当时正闹"文凭热"，这对我很有吸引力。我想，先考吧，回去后再向领导汇报。考试很简单，语文、政治、作品。笔会尚未结束，成绩出来了，我被录取的可能性很大。面对诱惑，我着实犯难了，来读书吧，又刚调回重庆，放弃吧，又感到机会难得。怀着惴惴不安的两难心情回渝后，首先向处长作了汇报，处长说这是大事，要向主任报告，我们俩在主任办公室挨了一顿批评，满以为就此打住，结果主任说："让不让你去，我说了也不算，你们还是去找艾政委吧。"处长又带我到政委办公室，汇报完情况后，政委半天没吱声。过了好一阵，他才把眼光从文件中抬起来盯着我，说："小杨，我告诉你，13军这地方想调来的人很多，我们要你了，是看你能给13军做一些事情，你才来多长时间？你才给13军做了多少贡献？想来就来，想走就走，能行吗？我明确告诉你，去吉林学习的事，没门！"看艾政委火了，我和处长大气不敢吭，低着头回到了办公室。处长埋怨我："你看，让我陪你挨批评是小事，你在13军刚刚开局，这下'猪羊抵消'，划不来呀！"

过了一段时间，艾政委的女婿、秘书处长刘学政找我谈话，说："老头子其实很喜欢你，有意让你到党办当秘书。读书嘛，以后有的是机会。"果不其然，没过多久我就到党办上班了。那是一个直接为军首长服务的差事，工作辛苦但位置重要，受人瞩目。

"二排议员"。我到党办的时候，两个军合并整编为一个集团军。军首长比原来多了几个顾问，多了专职纪委书记，还有几个合并来的军首长，我一点不熟悉。当时，当过党委秘书的权处长给我谈了一下午，讲党办工作的特殊性、重要性、讲如何沟通、怎样协调……我至今记忆最深的，是他的"导体说"和"绝缘体说"。权处长是一个很善于思考问题的人，他这一个导体、一个绝缘体，把做秘书工作的要害之处说到了家。那时，集团军邓参谋长经常开玩笑说我们当秘书的是"二排议员"，我猜那意思是说我们坐在首长身后，有时又能在首长面前说上几句话吧！其实不然，当秘书既累身又累心。当时党办就我一个秘书，要负责整个军首长的日常活动安排，根据首长指示协调机关各部门的工作，陪同主要首长下部队，撰写领导的讲话材料，等等，每天晚上几乎都要工作到深夜，而且要特别细致、谨慎，出不得丁点差错。两年多的秘书工作，我学到了很多东西，受到的锻炼很大，文字能力、协调能力、独立工作能力都得到了新的提高。而最令我满意的，是我临离开党办时对军长、政委说的一句话："在党办工作两年多，没挨过首长们一次批评甚至责备，我很欣慰。"

走进硝烟。1988 年 6 月，集团军艾维仁政委即将赴任成都军区副政委。临走之前的一个晚上，他对我说："你这几年工作干得不错，军里研究了，准备提升你到内江某团当政治处副主任，过些天就要下命令。"实际上，因岗位职责我头天已经看到了干部处起草的任职命令，但我还是很激动、很高兴。而从内心讲又多少感到有些美中不足。我想，某师已于去年底执行防御作战任务，那不是训练，也不是演习，而是真正的战争。过去在东北部队工作，打过仗的人寥寥无几，在我们军呢，反而是没参过战的人寥寥无几，有的干部已经三次参战。我必须把这一课补上，才能在这里真正意义上立住脚。我试探着把想法报告了艾政委、陈军长，他们都很赞赏，并答应把我放到某师去，放到前线去。

宣布命令的当天晚上，我再次来到鹅岭公园，登上了高高的两江亭。透过满城灯火，我仿佛看到了朝天门下的滔滔江水卷起朵朵欢快的浪花，银晓河畔一片连着一片绿油油的禾苗。透过它们，更看到了南疆前线弥漫的硝烟，看到了战友们冲锋陷阵、坚如磐石的身影。

一个人的
能走多远

南疆，我来啦！

　　战争分娩了一个婴儿，这个婴儿叫军人。战争使它成为人世间最为冒险、牺牲最大的一种特殊职业。我们的生命犹如常人那样，属于父母、属于妻子、属于襁褓中的骨肉。而当豺狼把战争强加在我们头上的时候，我们的生命便属于了祖国、属于了胜利、属于了义无反顾的牺牲！

　　这场战争已经持续了整整十年，我们早想结束它。我们企盼化干戈为玉帛，从硝烟走向和平。而当你登上那座著名的之巅，就会发现对面有一群贪婪的眼睛和一个个仇视的枪口炮口，时刻觊觎着他昔日犹如亲爹亲娘的恩人。你再回望我们这边，山崖都被敌军炮轰得白花花一片，成了白色石漠，山右侧被大自然鬼斧神工塑就的睡美人，也被敌人炮击得满目疮痍。此情此景，任你怎么想象，也想象不出当年援助他们车水马龙的景象。为了支援"同志加兄弟"，我们的父辈和兄弟姊妹曾勒紧裤带，一滴滴血汗多是从这个口岸汩汩淌走的。他们很多成了饿殍，却死得脸上没有太多遗憾和痛苦。我们虽然活了下来，但先天不足，个子这般瘦小，谁能否认与把本该自己吃的东西抠给别人没有关系？

　　敌军的炮又响了，我们还击的炮也响了。这是我 1988 年 7 月 19 日到达那里后第一次听到的战争意义的炮声。

自强者宣言。在前线，我的任职命令是师秘书科副科长，但师政委段树春对我说："我们战区刚办了一张旬刊叫《南疆战报》，全师抽了5个人在搞，你去当社长吧！把报纸办好了，就是对防御作战的最大贡献。"

我们报社在师部驻地落水洞，两间战地纸板房，一部电话，一枚有机玻璃公章，一块大的压缩纸板当桌子，两只长条板凳，几支铅笔和一堆稿纸便是我们的全部家当。走马上任后，我带同事们深入一线猫耳洞采访，在被一个个英雄事迹感动的同时，听得较多的，便是"理解万岁"四个字。我敏感地发现，这是一种依赖心理和埋怨情绪，这是一种乞求施舍的精神乞丐的表现。军队要自强，军人要发奋，勇于牺牲奉献是军人的本分，这才是精神的核心。于是，我给师党委写了一份调查报告，率先提出在百里战场叫响"自强万岁"的口号。得到批准后，我亲笔撰写了评论员文章《自强万岁》，并对系列宣传进行了部署安排。很快，《南疆战报》连续刊发相关报道，战区简报集中宣传自强精神，战区首长在各种会议强调有关要求，政治教育集中时间以专题牵引，"自强万岁"的口号响彻战场，并通过新闻媒体传向全国各地。在此基础上，我们趁热打铁，采写了长篇通讯《自强者宣言》，并请全国政协常委、著名书法家刘炳森题书，很快在军内外报刊发表，引起了强烈反响。著名演讲家蔡朝东因为演讲"理解万岁"闻名全国，他自费赶赴前线采访我们，并以最快速度写下了"理解万岁"的姊妹篇——"自强万岁"的演讲稿，在战区部队演讲后，受到前线官兵热烈欢迎，后又到昆明、北京、沈阳、大庆等地演讲，获得了空前的良好效果。他在给我们《南疆战报》的来信中，发自肺腑地称赞："前线将士是自强精神的伟大实践者，你们报社是率先叫响'自强万岁'口号的创造者。从'理解万岁'到

'自强万岁'，这是一个发展的过程，一个自强不息、无私奉献的过程，我会永生在心底振臂高呼'自强万岁'!"当年底，中国社科院会同云南省社科院在昆明召开理论研讨会，其中一个课题是研究从"理解万岁"到"自强万岁"的理论现象，我们报社受邀作了发言。紧接着，全国地市级报纸工作会也在昆明召开，特邀我们《南疆战报》赴会，并介绍了题为《小报要做大贡献》的经验，侧重介绍提出和宣传"自强万岁"在军内外引起强烈反响的情况。会后，全国十数家地市级报纸的同志来前线为我们《南疆战报》做专访，无不为我们在如此条件下发挥了重大作用而感叹。

那些天，我们很是风光了一番，真正体味了一把受人尊戴的妙不可言的感觉。

船头遇险。百里战区，更准确地说，应该是百里雷区。特别是前沿阵地的小路上、猫耳洞旁、草丛中、树底下，稍不注意，你就可能踩响一颗如鸡蛋般大小的地雷。就连边境线上的国营天保农场，敌军也多次潜入，偷偷埋下了上千颗地雷。排雷，成了前线官兵特别是工兵们的一项重要任务。109团工兵连在前沿排雷、在每条通道排雷、在边境农场排雷，危险异常，战果累累。而同时，也以连长杨庆华和另两名班长排雷负伤导致瞎眼断腿为代价。为宣传英雄工兵连的事迹，师首长指示我带师团组成的联合调查组，前往工兵连采访。集团军宣传处傅明常是我同乡战友，他也参加了这次采访活动。出发的头天夜里，同在战区的集团军侦察营长沈同给傅干事和我打电话，说边境一线情况复杂，联合工作组目标较大，明天给你们派个警卫吧。果真，第二天一早，全副武装、两腮大胡子的侦察排长杨家辉就来向我们报到了。当工作组一行五人乘吉普车到达前线时，我隐隐地感觉边民们都以一种特殊的眼光看着我们。他们也许在心里想：坐小车子、有武装警卫，该是一群不小的官儿吧？

我把五个人分成三个小组。我在连部同指导员谈话、采访，另外四人，两人一组到桥西找班排的同志了解情况。我的采访刚开始，工兵连通信员送来一包红梅烟，向指导员报告说："刚才在商店买烟的时候，老板问我是不是招待师团工作组，还打听工作组今晚是不是住在这里。"我们立刻警觉起来，因为听人们说过，在我境内也有敌军的地下线人。快到上午 11 点钟的时候，前指突然电话通知："刚才截获敌军电报，称中午将派遣一个加强特工班，在炮火和大雾的掩护下，具体任务两个字：抓俘！"前指同时告知，前沿战区将封锁道路，凡下部队的工作组一律返回师指挥所。

我在心里寻思，莫不是冲我们来的吧？于是，我让通信员到桥西通知工作组成员，立刻终止采访到桥东同我会合，午饭前撤离，谁知通信员跑了一圈，没一个跟他回来，还说今晚不走了，要住下来继续采访。此刻，我很矛盾，但转念一想，要真的出了什么事，作为带队的，我脱得了干系吗？我请通信员再跑一趟，尽量说明情况，务必抓紧撤离。这一下，他们也紧张了，以最快速度跑来连部，气喘吁吁地打听究竟怎么回事，我说你们自己看电话记录吧！

结果工兵连指导员杨群益死活不让马上走，他说："怎么地都得吃了饭再撤，反正来得及。再说了，我还炖了一只鸡呢！"就在我们撕扯着半生不熟的鸡肉时，敌军开始炮击了。一发发炮弹落在房后的山坡上，飞起的砂石落在屋顶，发出一声声怪叫。工兵连马上组织防御，我们也只能撂下碗筷，飞快登车回撤，最后安全返回了驻地。以后每每回想起来，我们都为有这样一次历险感到三生有幸。而比起一线猫耳洞的战士们，我们这点危险又算什么呢？

夜拜陵园。麻栗坡县城西北三公里处，有一座作战牺牲官兵的烈士陵园。960块墓碑远远望去，一如我们的战士整齐列队，接受祖国的检阅。1988年中秋节晚上，我和报社吴永寿、吕万一、师宣传队马诤、李林相约，带上水果、香烟到陵园去拜谒烈士们。一个星期前，我曾在白天陪同《战旗报》王民平去过那里。为什么选择今天晚上去？一则白天战区管理很严，纠察抓住就麻烦了；二则晚上工作不多，不用担心师领导随时找我们；三则中秋节去看看牺牲的战友，寄托我们的哀思；四则听当地老百姓谣传，陵园里半夜能听到烈士们的歌声、口令声，我们要去辨辨真伪，也锻炼一下胆量。到陵园门口，我们向守陵老人说明来意，他很感动，说你们自己去吧，时间莫待久了。我们先去看望了付孔良烈士，然后在月光下坐下来，各自谈着感想。说到动情处，我们都掉了眼泪。是啊，边地月寒，烈士们远离故乡，远离亲人，他们孤单哪！

就在我们起身下山时，发现左侧山坳的一座陵墓前，有一星红红的光亮忽闪着。我们觉得奇怪，壮着胆子走去，发现有一个人坐在墓前，嘴里还在喃喃地念叨着什么。一打听，才知道他来自河北，儿子牺牲后埋在这里。他说："孩子死的时候才17岁，在家时胆子很小。他妈说过中秋节了，让我来陪陪他，顺便给他捎了一袋河北鸭梨，他只喜欢这个。"我们禁不住泪水长流，劝河北大叔回县城去过夜，他说："不啦，我借了一件大衣，今晚就在这陪儿子一晚上，明天就回河北了。"

望着天上那轮时隐时显的圆月，我知道今天是万家团圆的日子。但此刻，我们要镇守边关，要随时为国捐躯，现在还不是团圆的时候。而对于那些牺牲的烈士们来说，他们母亲心上的那轮月亮将永远残缺，再也没有团圆的时候了。

病倒战地厕所。我们师在老山轮战两年，我待了一年半时间。这期间，我作为《南疆战报》社长，要负责每 10 天一期的报纸及时出版、发行。作为师政治部秘书科副科长，大量的内部材料要参与撰写。作为四川省作家协会会员，要努力创作一些反映战区生活的作品献给社会。几重任务，缺一不可。因此，我要主动寻找机会，跑一线，下阵地，很多猫耳洞我都钻过，很多前沿官兵都成了我的朋友。那些日子，我总觉得时间不够用，可以写的东西太多，也总觉得自己的脑子笨、笔太拙。好在战地生活本身丰富多彩，每一个边关军人都是一本好书。我们的报纸越办越好，成了一线官兵的首选读物，军内外报刊转载我们《南疆战报》的稿件也越来越多，总政原文化部部长李瑛在给我的来信中给予了热情的肯定和赞扬。我参与起草的电报、经验、总结等材料多次被军区转发，撰写的论文《解析"攻心为上"》在全军获奖，集团军为此予以嘉奖一次。我先后发表了一批散文、报告文学作品，有的在全国获奖，三部电视专题片在中央电视台以及四川、云南、重庆电视台播出，发表了电视文学剧本《伞莲花》，拍摄了上下集电视剧《难忘的橡胶林》，中篇报告文学《黑豹三号行动》获得广大读者好评。

就在我春风得意、决心大干一场的时候，突然病倒了。那天早上，我拖着疲惫不堪的身子上战地厕所，发现便血了，一时大汗淋淋，浑身乏力，起身走到厕所门口，一头栽倒在地昏了过去。师医院的孙医生发现后，立即把我背进病房，输液、输血，一阵紧张抢救，我终于又睁眼看到了战区熟悉的环境。段政委来看我，说我是累垮的；政治部首长对我说："我们研究了，准备给你挂二等功（战后兑现）。"作战结束后，我的胸前果然戴上了一枚银光闪烁的二等功奖章！这可是战功啊，我一生一世都特别看重它！

科长当年三十三

1989 年 10 月 30 日。南疆。

英雄红军师奉中央军委命令,最后一批撤离坚守两年的防御战场。大山之巅,岫岚轻袅,雾若雪纱,呛人的硝烟已经缓缓散去,绿色的植被开始轻轻地覆盖战争的伤疤。

经过五天旅程,军列长啸着,抵达聂帅故乡江津站。人们沉浸在"迎头花雨洒空前,人民英雄万斯年"的感慨之中。我则在想,江津是长江边上的一个水码头,与银晓河连为一体了,我的生命也与江津连为一体了。

忠孝难双全。部队回撤后,师决定实施两个月封闭式管理,即使家在 20 多公里外的重庆,也一律不准回去。我很想念父母妻儿,尤其思念母亲。她才 60 岁,但她患有诸多严重疾病,这是一生操劳留下的顽疾。我们还在老山时,爱人多次在电话中告诉我,母亲的身体每况愈下,要我创造机会回重庆陪陪母亲。这近乎痴人说梦,我们在前线,在生死较量的战场。尽管我是母亲唯一的儿子,但也不能陪伴母亲左右,侍奉一碗药汤。母亲是达理之人,她知道她的儿子现在最应该在的位置和做着最应该做的事情。我在《光明日报》上看到介绍陕西出的一种新药,对治疗母亲的血小板减少有奇效,便邮购了三个疗程,盼望在母亲身上产生良好的效应。母亲在电话中说，吃了儿子买的药，毛病好了一大半。我知道，这多是心理上的。只要她唯一的儿子毫发无损地从老山战场回来了，比她吃什么特效药都管用。

眼看春节将到，师里安排走访地方。我陪邹云华副师长带宣传队到红阳厂慰问，受到对方的热情欢迎。当时江津轮渡没有夜航，我们晚上演出之后只好住在红阳厂招待所。正准备睡觉，接到政治部值班室几经辗转的电话，告诉我母亲病危，让我立刻回家。我坐上邹副师长的吉普车，急急火火直奔重庆。翻过歌乐山，重庆市区灯火通明，而我透过镜片看去，每一朵灯光都像一只花圈。

母亲永远离我而去了，是突发脑溢血夺去了她的生命。爱人说，给母亲换衣服时，发现我的二等功通知书和街道发的 50 元奖金还揣在妈妈的身上。我扑在母亲怀里，禁不住失声痛哭，辛酸的、幸福的往事在我脑海中一幕幕翻卷。那片青杠林、那座双凤山、那条银晓河……到处都能听到你呼唤儿子回家吃饭的声音。今天呢？眼看还有两天就是春节了，你竟毫无声息地躺下了，从此我再也没有妈妈了。你那刚念小学一年级的孙子柳岸用双手抚摸着你冰冷但极慈祥的脸，一遍一遍地哭述道："婆婆啊，今后哪个给我做饭呢？"

母亲迁来重庆后再没回过老家。14 年时间里，她时常念叨着她的故乡，怀念她熟悉的亲人。我将母亲的骨灰送回老家安葬，也算了却她的一片夙愿。在母亲的墓碑上，镌刻了一首我献给母亲的小诗：

常忆少时万千事，
慈母唤儿声声高。

一个人的 心
能走多远

情长恩深不图报，

人间最是妈妈好。

每年春节，我都要带上妻儿回老家陪一陪母亲的亡灵，拔一拔坟头的荒草，擦一擦沾上泥灰的墓碑。每次伫立在母亲坟前，仿佛都能听到她轻轻的嘱告："儿啊！你要好好做事，好好做人。不论你走多远，你的前胸后背都映着妈妈这双眼睛。"

年年先进科。1990 年 4 月初，师党委决定我代理组织科长，因为我当时任正营职不满两年，直到当年 10 月才下了副团职组织科长任命。负责组织科工作五年间，我抱定一个信念，让组织科始终成为师机关的先进科，各项工作都要做得有声有色、出类拔萃。抓"两校一团共学雷锋、共育新人"活动，军区在我师召开现场会，团中央、总政治部给予高度肯定；抓党委支部建设，我们逐团过、重点帮，发现问题和分析问题，为师党委决策提供了重要依据，师领导在多次会议上对我们提出表扬；抓政工干部培训，组织科一马当先，做方案、搞活动、抓辅导、写总结，年年有新意，年年有发展；抓先进典型，我们每年都要组织一批典型单位和个人巡回宣讲，给部队树立了学习的标杆。同时牵头总结表彰了唐代平、梁强的事迹，在军内外引起强烈反响；抓文字材料，不论领导讲话、情况报告还是经验总结、研究文章，我们每一篇都认真对待，从不草率应付，每年都有不少材料被上级转发或刊用。我要求组织科每个同志都要写报道，自己做的工作自己写，每年都要上很多新闻稿件，每年都是师的新闻报道先进集体。五年时间里，组织科在年终总结时，都被师评为先进科。而每次要奖励我个人时，我总是请求首长把奖励给其他同志。因为我们主管奖励工作，必须有这样的风格。再说，我已经有过二等功、三等功，不给奖励照样努力工作。一个人从本质上讲，往往都喜欢听好话、受表扬，但在某些情况下，在特定环境中，获得未必就是好事，放弃也不失为一种智慧。

情注选才育人。我知道，要使组织科永远处于先进行列，必须有一个素质过硬的人才群体作支撑，要做到个体优化进而实现整体优化，首先应当选准人才。师和部的领导非常开明，放手让我们自己去挑选，结果是令人欣慰的。刘诚、邢祖元、黄国林、时天聃、陈启琳、史友国……他们都是我当组织科长时选调来的，现在都成了领导干部，都有很好的发展前景。当时，组织科有一个新进来的干事，干工作马马虎虎，材料写不好，业务素质差，而看足球可以通宵达旦，踢足球可以整天撒欢。我和正营职干事靳涛约定，用一个星期时间，上午靳干事跟他谈，下午我跟他谈，晚饭后逼他和我们一块在办公室学习，终于使他认识了问题，知耻后勇，奋起直追，现在这位同志也是正团职军官了。为了把全师组工干部队伍搞坚强，我们组织科每年都搞业务培训、函授作业、以会代训，每次下部队，都注意和组织股的同志交流学习、思想和业务工作情况，讨论材料和写材料时都坚持带上他们，使之进步很快，他们后来的发展都很好。

我到师里任副政委时，发现除我任过团政委的 109 团外，其余四个团的政委、主任都是我当组织科长时组织战线上的老部属，心里特别慰藉，一股新的成就感油然而生。我想，这也算得上是对红军师的一份贡献吧？不论他们今后发展到什么程度，不论他们是否还曾记得起我，只要我曾在他们身上花过心血，只要他们能够不断成长进步，这就够了，足够了！

南京"充电"。1993 年，《解放军报》发起"双拥征文大奖赛"活动，我写了一篇名叫《船工道情》的特写，结果被评为一等奖。1994年1月在苏州开完颁奖大会后，我从南京机场登机返回重庆。那些天南京正下大雪，冷得让人心烦意乱。我在心里说，这地方，以后再也不要来了。谁知春节刚过，段树春政委就告诉我，师党委研究了，你今年到南京学习一年，这叫中培，以后提升必须具备这个条件。

时隔一个月，我再返南京，雪还没化，天照样冷，我们的学习生活开始了。国际关系、市场经济理论、军队政治工作……这些诱惑力极强的课程，使我如醉如痴；参观华西村、走访南京军区"迎外旅"、见学"硬六连"，更使我大开眼界。我十分珍惜一年的学习机会，很多同学利用节假日跑上海、去杭州、爬黄山，我一则懒动，二则想多看看书，写点东西。一年下来，我的各科成绩都很好，还读了大量的书籍，记录了11本笔记，发表了三篇论文和一篇小说。毕业时，学院给我记了嘉奖，作出了"提职使用"的鉴定。

带着新学的知识，也带着对未来的憧憬，更带着建设部队的雄心壮志，我兴高采烈地返回了江津，走上了师政治部副主任的领导岗位。年底，又郑重地向师党委请求，把我平职交流到团政委的位置上，我想当主官，我要试一试自己率领一个团队的本领。

1996年4月1日，成都军区司令员李九龙、政委张志坚发布命令，任命我为109团政治委员。天哪！真去当政委了，那可是红军团啊！我行吗？

龙腾军威

　　109 团是红军团，红军团在铜梁，铜梁是远近闻名的龙乡。在祖先的梦幻里，龙是安宁与吉祥，龙是幸福与希望。它伴随着一个伟大民族的艰难脚步，从蒙昧走进文明，从神坛走向民间。从此，龙与华夏民族生生不息的历史联在一起，与华夏民族灿烂的文化联在一起，与华夏民族创造未来的拼搏精神联在一起。龙在中华大地上永远飞动，永远年轻，永远激励和召引人们奋勇向前！

　　发掘"富矿"。红军团诞生在烽火硝烟的黄麻起义，至今仍保留一个完整的红军团机关和 16 个红军连队，在全军都是极为罕见的。几十年革命斗争历史，转战大半个中国，打过无数硬仗恶仗，产生过 104 名将军，为中华民族立下过不朽功勋。这是一座可供后人用之不竭的富矿啊！你无法想见在这样的红军团、百将团担任主官有多么荣幸！

　　到任不久，我决心打好"红军团"这张王牌，努力发掘"红军团"这座富矿，以此来凝聚官兵、激励人心。很快，我们编写出版了团史第二、三卷，编印了红军团纪念画册，制作了"红军团""百将团"两面红旗和纪念碑，花 50 万元修缮了团史馆，各连也建起了连史室、荣誉碑。我多次向军区和军师报告并最终被批准将红军团的诞生时期恢复到了 1927 年 11 月 13 日。把红军团团歌唱起来，把红军团团旗打起来，成了红军团的一道特殊风景。我随之提出在全团开展"熟悉团队历史，熟悉光荣传统，熟悉英雄模范，熟悉著名战例，熟悉自我职责"的"五熟悉"活动，成了广大官兵的自觉行动。"团兴我荣，团衰我耻"，是人们常说的一句话；为"红军团"增辉，为"百将团"添彩，是官兵共同遵守的行为准则。集团军邱政委到任后第四天就赶到我们团，听取汇报后称赞道："你们用红军团的荣誉来凝聚人心，抓住了关键。这是你们独有的品牌，要利用好，充分发挥品牌的作用；要发扬好，确保品牌永远立于不败之地。"我听了心里乐滋滋的，心想这第一炮可是打响了，往后呢？晚上，邱政委参观团的文化活动中心，我们请他唱一首歌，他说就唱《把根留住》吧！一曲终了，我在心底说："首长呃，你这良苦用心我明白了。我会扎根红军团，建设好红军团，你就放心吧！"

身正如令。一个领导干部，特别是一个单位的主官，只有树立良好的自身形象，才具有无穷的感召力。在红军团整整当了五年政委，我一直很注重自身的良好形象，用无声的命令去影响和带动全团官兵。到团工作后，我连续三个月没回一次重庆的家。每到双休日，我要利用这个难得的时机，到基层连队去，熟悉所有干部，熟悉每个连队。我不能拖延这个过程，我要尽快缩短它，尽快掌握工作主动权。当年，我儿子刚从小学被保送进省重点中学 18 中，由于缺乏家庭管束，他的成绩急剧下降。老父亲和我爱人都埋怨我、指责我，我也感到深深的内疚，觉得很对不起孩子。在给儿子的信中，我向他表示了歉意，儿子似乎一下懂事了，从此发奋读书，成绩一直不错，终于以高出重点本科录取分数线很多的优异成绩被重庆大学录取。为了安心部队工作，我回家同爱人商量，把她从重庆调往铜梁工作。爱人开始想不通，后来愉快地走出大城市，来到渝西铜梁工作，我也能够集中精力投入团队建设了。师团的领导们劝我说："出来容易回去难，你要三思而行啊！"我只是淡淡一笑。牺牲奉献，这是军人的本分。我父亲在1995年患过脑溢血，经全力抢救恢复了健康，但1996年夏天复发脑溢血，我只能请人到重庆大坪医院照顾，父亲住院一个星期后，我才借到师开会时顺道回重庆看望他。父亲是老党员、老干部，一直非常支持我的工作，他用不太流利的语言催我回到团里，说我带一个团不容易，不要分心。现在想起来，既很愧疚也很感动。知子莫如父，知父莫如子，当晚我便赶回了团里。五年中，我带头交纳伙食费、房租水电费；慎交朋友，从不进非健康娱乐场所；不论光缆施工还是野外拉练，都坚持站排头，和基层官兵一样严格要求；遇到请客送礼，通常是先拒绝，再说服教育，对反复上门送礼者，则严肃批评，有时也一顿臭骂。我在全团干部大会上多次讲过，干好本职工作是对领导最大的尊重，一个人的进步全靠自身素质，希望大家自重，也从政治上真正关心我，千万不要害我再回双凤山下挖红苕。我始终觉得，一个团的主要领导，要犯错误是很容易的。你收了下级的礼，下级就会看低你的人格，你收了地方老板的礼，他就会看低军队的形象。而最终倒霉的，还是你自己。价值观决定人生观。在"富得只剩钱"和"穷得拥有天"之间，我始终选择后者。

我十分欣慰的是，干了五年主官，每年上级来考核班子，全团官兵对我的自身形象是肯定的、赞颂的，我也因此享有很高的威望。虽然批评、处分过一些干部，虽然时显粗暴，得罪过部分同志，但上级从没有收到过一封对我的告状信。"达到这个地步，没有很好的形象，恐怕是非常困难的。"这是一位上级首长与我谈话时讲到的。

　　房地产互换达双赢。109团营房破旧、驻地分散、管理不便，这是上上下下的共同感觉。有两个笑话为证：一是城关一小组织学生参观部队营区，几百师生浩浩荡荡来到位于县城中心的二、三营，老师手指破烂不堪的士兵宿舍，用半导体喇叭讲："同学们，你们看，这就是红军团，这就是解放军叔叔们住的地方，你们说，叔叔们的被子为什么叠得那么好啊？"一个小男生举手回答："是天花板掉下来压的。"好多师生都笑了，而我们陪同的官兵抬头看看那残缺不全的房顶灰板，心里却酸酸的。二是有一年，老军长闫守庆到团里检查工作，发现街上来来往往很多兵。首长生气了，叫过来虎着脸一顿批评。虽然有的是取报纸，有的是到团里开会，但战士们还是立正站好，听首长的训导。老军长有个特点，他批评人或是听汇报时总爱闭上双眼，把头昂着偏向一边。他还在谆谆地教诲，还在狠狠地批评。这时，他老伴冲几个吓得发抖的战士直努嘴，示意他们快跑。过了一会儿，军长的老伴才说："你还在念什么经哟，赶快上车走吧，孩子们早就跑光了。"军长知道，这一定是他老伴干的"好事"。

　　我到红军团的时候，军地双方正有意互换房地产。县委温永高书记告诉我，县里规划扩大城市规模，改造旧城面貌，但部队三个营的营区戳在中间，确实影响城市拓展，也确实影响城市观瞻。我和其他团领导也想，我们多年来住的老旧营房，部队又拿不出钱来新建或维修，如果双方互换房地产，倒不失为一个改善团队硬环境的机会。几次试探性的谈判下来，虽然都认为是一个实现"双赢"的好事，但涉及军产，这个"高压线"敢碰吗？

　　借军地党委中心组共同学理论的时机，我们一起重温了小平同志"发展才是硬道理""大胆地试""错了来过"等重要论述，心里逐渐亮堂，大胆向各自的上级报告了置换方案，没曾想上级一路绿灯，很快得到批准。我们将城中心的二、三营和炮营的地盘交给地方，县里则在团部边上划地130亩，出资2 500万，为团里新建20 500平方米营房。同时，军区又拨款1 200万，要求团里把一营也进行重新修建。新营区建设的紧张日子中，我们一班人和基层官兵一样，几乎没休过一个双休日。为节约经费，我们自己动手，挖土方、拣石块、修道路、搞绿化……有半年时间，团里就我一个主官，我晚上也住在施工现场，生怕工程有半点闪失。不到一年光景，全团都住进了新营房。在落成典礼上，总后首长称赞这是"开全军先河的创举"，重庆市主要领导说"这是双拥共建的一朵奇葩"，人民群众说"这是军队支持地方经济建设的重大举措"，战士们说"这是地方拥军最实际的行动"。我和县委县政府的领导说，我们实现了双赢，这是革命理论指导工作实践的重大成果。那一年，铜梁县首次被评为全国双拥模范城，红军团也成了各级首长、机关注目的重点。

三年三大步。借东风，鼓干劲，创先进。全团官兵意气风发，信心倍增。1997年半年工作总结时，我在党委会上讲："现在是红军团大踏步前进的时候了，我们要坚决落实江主席的号召'继承红军传统，建设一流部队'，让红军团走出军区，走向全军，这是上下左右的一致希望，也应当成为我们的奋斗目标。"随之，团党委着手制定"三年发展规划"，开始勾画红军团创一流的蓝图。

正当我们幸福地憧憬美好明天的时候，"7·18"案件发生了。两名战士在休假期间违犯法律，被判处徒刑。我的心从沸点降到了冰点，深感有愧于前辈的重托，对不起组织的信任。痛定思痛后，我们举一反三找问题、查原因、订措施、抓落实，我们

一个人的 心
能走多远

组织全团各级主官庄严宣誓，决心背水一战，知耻而后勇，硬件软件一起上，誓死也把红军团建设好。

三年规划颁布了，全团官兵的热血沸腾了。团党委提出"全面建设，整体提高，赶超十八团，奋力展新貌"的口号，化为了全团官兵的自觉行动。抓部队教育，我们讲究授课艺术，追求学习质量。我提出教育也要"打假"，坚决反对形式主义，应付差事。军区、军师年年到我们团搞试点先行，每次都给全区部队提供了教育经验。我们注重发挥经常性思想工作和"部队、社会、家庭"三位一体的教育作用，团里还发起"读书是成才的阶梯"活动，建起了藏书四万册的图书馆，受到总政周子玉副主任的连声称赞，在潜移默化中强固了官兵的精神支柱。我提议办的报纸《家书》受到广大官兵和他们的亲属一致好评，总政和军区首长来团视察时都爱翻阅它，无不连连称赞。抓军事训练，我们注重打基础，注重抓军官，注重练合成，每次在上级组织的军事大比武活动中力拔头筹。到大竹组织实兵演习，注意全面摔打部队，回撤时步行拉练一星期返回营区，受到军师肯定。上级组织军事训练考核，我们连年获得全优成绩，连年被军区评为训练一级团。抓各项重大任务，我们发扬红军团敢于拼搏的顽强战斗精神，每年光缆施工几乎都是最艰巨的路段，都是最长的距离，都是在城区周围，但每次都高标准提前完成任务，年年被评为优质工程。1998年8月21日参加涪江抗洪抢险，领导干部和共产党员冲在前头，全团官兵不怕牺牲，保护了国家和人民群众的生命财产安全。1999年国庆50周年大典，我作为重庆市进京舞龙表演的副总领队，带领全团225名经过半年专门培训的官兵，代表重庆市奔赴北京执行国庆群众游行表演任务，九条50米长的金色巨龙腾飞着舞过天安门前，全世界为之瞩目。我们被首都国庆指挥部表彰为"五好表演单位"，为重庆市争了光。抓后勤装备建设，团里办起塑料大棚和养猪场、养鸡场，优化生活服务中心功能，严格落实装备管理责任制，军师先后在团里召开现场会予以推广，团和我个人也获得了集团军表彰。抓行政管理，我们突出干部、突出后进战士、突出小散远单位，始终把安全无事故作为团队建设的底线，作为"保底工程"，团队连续被军师评为安全团。抓人才培养，我们坚持公平公正、任人唯贤，五年中有16名同志成长为师团干部。为确保后继有人，在军、师支持下，我们让优秀的两名正连职干部越职提升为正营职，有的同志三年晋升三职，形成了良性的用人导向。

1998年底，我们团被集团军评为全面建设先进单位，我荣立了三等功；1999年，我们团被军区评为全面建设先进单位，我被军区评为"优秀团主官"，又立三等功；2000年，我们团被解放军"四总部"联合表彰为全军全面建设先进单位，我再立三等功。1998年4月14日，江总书记视察了在集团军大院执勤的我团六连，我从攀枝花光缆施工现场赶回后，受到江主席接见，他给予了我们充分的肯定和极大的勉励。2001年3月，军委迟浩田副主席视察我团后，异常兴奋，竖起大拇指称赞我红军团不愧为一流部队。师党委作出了"远学炮兵十八团，近学109团"的决定，号召全师部队向我红军团看齐，推进部队全面建设。

忍辱负重，自加压力，艰苦奋斗，我们终于走出低谷，实现了三年规划制定的目标。那是我生命中最辉煌的一段华章，也是我最艰苦、最惊心动魄的奋斗历程。每每回想起来，我总是百感交集，泪自流淌。一位军区首长曾两次动情地对集团军领导讲："红军团这几年的变化是惊人的。杨伟智同志参与了团队打翻身仗的全过程，的确功不可没。他是一个干事业的人，我们不能忘

一个人的心能走多远

了人家。"

看了军机关同志电传给我的首长讲话原稿，我的内心惶惑不安。这是众人拾柴的结果啊！一个人纵然浑身是铁，又能打出几颗小钉？

红军团啊！我无数次在心底祝福：愿你一路前行，一路领先！你驻守龙乡，愿你像金龙腾飞，昂首向前！无论我走到哪里，我的荣辱我的血脉将与你紧紧维系在一起，我会想你爱你百年千年！

副职同样有作为

2001年4月12日，成都军区司令员廖锡龙、政委杨德清签署命令，任命我为步兵第37师副政委。同时，时任军委主席也发布命令，授予我陆军大校军衔，13集团军党委批准我为37师党委常委，师纪委书记。是时，我正以红军团政委名义参加军里组织的理论读书班，在开班仪式上，集团军邱政委宣布了我的任职命令，并说，负责带队参加读书班的郭副师长午饭后就可以回去了，交由杨伟智副政委负责带队。就这样，我在转眼间便完成了从团到师、从主官到副职、从铜梁到江津的转变。

埋头拉"边套"。副职对主官负责，为我军条例所明确要求。一位老首长在总结当副职的体会时讲过三句话"拉边套、使正劲，不越位、补窟窿，不透过、不争功"，形象地显示了一个副职领导的人格和官品。到师里工作不久，我很快适应了角色，副职服从主官，个体服从整体，个性服从党性，竭力做好本职工作。主管全师双拥共建工作，我及时向主官进言，主动找地方沟通，师暨各团驻地连续被评为国家级双拥模范城；担任师计生领导小组常务副组长，我把教育预防放在首位，严格落实责任制，狠抓"两室"硬件建设，师被军区评为计生工作先进单位，全军计生办刘主任检查工作时给予了很高评价；主抓应急工作和机关干部岗位成才考评，我以对红军师高度负责的态度，积极落实党委的决心和主官的要求，均取得明显成效，上级转发了我们的经验；负责师的接待审批，我坚持规范制度，严格标准，接待经费始终控制在预算之内，两位主官多次表示满意。有的团发生了案件，我中断休假主动请缨前去调查处理并组织部队集中整顿，积极为主官分忧，为部队解难。涉及地方和部队之间的一些棘手问题，总是不用主官交代，不推不避，敢于上前，每次都能妥善地协调好矛盾，受到主官称赞，维护了部队尊严，密切了同地方的关系。开县发生井喷事故，我不顾儿子刚动阑尾切除手术，主动要求带部队前往抢险，圆满完成了任务，被上级表彰为优秀共产党员。

师党委多年来形成一个行之有效的工作方法，就是每年由师党委常委分工负责一个团的全面建设。三年来，我先后对炮兵团、高炮团、111 团实施过重点帮带，三个团都有明显进步，有的当年还被上级表彰为先进团。在帮带过程中，我积极贯彻党委的决议和主官的意志，团队尝到了甜头，我个人也受到官兵爱戴，还交了一大批基层的官兵朋友。每年春节，都要接到一大堆来自基层官兵的贺年卡和贺年短信息。看着一句句由衷的祝福，我的心像灌满了蜜。

代政委。到师工作的第二年，郑道光政委要去国防大学培训一年。之前，集团军邱政委到师里主持会议，宣布在道光同志住学期间，由我代理政委。我确实没有一点思想准备，顿感诚惶诚恐，但也没有不知所措。眼望着邱政委、王师长、郑政委信任的目光和笑脸，我讲了不到十分钟的话，无非是感谢组织信任，表示工作决心。同时，我也颇感受宠若惊，但绝没有得意忘形。我知道，这并没有什么，它只是一种责任，一种认同意义的象征。

主官不在时由副职代行主官职责,这是我军操典上的规定。因此,我在内心说道,人们啊,你的眼神真诚些,笑脸自然些吧!你要相信,我永远是一个选择低姿匍匐的人。

就在那个星期天,我响应师党委的号召,第一个带头下到高炮团 37 炮营三连当兵,真正地同吃同住同劳动同学习同训练。战士们开始有些敬畏,晚上睡觉都不敢翻身。时间一长,彼此熟识了,特别是知道我 20 年前当过 37 炮连指导员后,都愿和我谈天吹牛。我给他们讲课,大家都喜欢听;我教给的那首名叫《脚印》的歌曲,战士们至今传唱,并从中悟出了一些人生道理;我送给连队的 100 本小说,是我的藏书,三连官兵感激不尽。一个月的下连当兵,我重温了士兵生活,更深入、更全面地了解了基层官兵,进一步明确了领导干部和机关抓基层的责任和要领。特别是部队热火朝天、蓬蓬勃勃的建设局面和官兵们吃苦耐劳、生龙活虎的革命英雄主义和革命乐观主义精神,无时不在感染着我,净化着我的灵魂。

那一年,师的大事特别多,现场会特别多,上级来人特别多,我协助师长一件一件抓落实,都很好地完成了任务。军区布置的“五个模范”教育、111 团高驻高训、炮兵团和师教导队的硬环境建设,等等,都抓得比较出色,都受到了上级肯定。利用每次下团的时机,我还同各团的常委逐个谈话,交流工作方法,交流思想感情,受到同志们的热情欢迎。世平师长放手让我大胆负责地工作,班子其他成员也能够认真地服从和配合,军首长及时地指点迷津,郑政委时常在电话中教我方法,为我履行好代政委职责提供了极好的条件。我在为红军师贡献才智的同时,自身也受到了难得的锻炼,积累了宝贵的工作经验。因此,在我心之一角,将永久留下对他们无限感激的空间。

纪委下访。刚当师副政委时，集团军政治部领导对我说："37师是一支老部队，历来以凝聚力、向心力强著称，但近年来告状信不断，影响很不好。"他要求我作为师纪委书记，要在部队风气建设上多花些心思。他的话很对。红军师是一个团结的整体，无中生有的诬告只能涣散人心，的确不成体统，如果任其不良发展，势必影响部队全面建设，是该下番功夫整治了。人们常说，风气也是一所大学校啊！

在加大对违纪问题和恶意诬告查处力度的同时，我决定师纪委每季度有组织、有计划地开展下访活动，以此拓宽工作路子，倾听基层呼声，纯正部队风气。这种变被动为主动、变查处为服务、变上访为下访的工作方法，受到基层官兵的普遍欢迎。坚持两年多的结果看，全师告状信和受处分党员数分别下降了40%和80%，部队风气明显好转，集团军纪委推广了我们的做法，军区纪委和军委纪委肯定了我们的经验。在此基础上，各团建立了常委接待日制度，设立了"连心箱"和"连心卡"，使民主渠道更加畅通，为党委决策提供了依据。

在"下访"中，很多基层军官多次反映家属就业难的问题，我们向师党委汇报，建议在营区开办服务网点，既方便基层官兵，又解决家属就业，师很快建起一批营区服务网点，安置随军家属96名，每人每月500元以上工资，并依托地方办理了劳动关系托管和医疗保险、养老保险。上级称赞我们这是"上为国家分忧、下为官兵解难"的好做法，军区政治部、联勤部联合发出通知，介绍了我们办网点的情况，要求全区部队学习我们的先进经验。

有人说，纪委没事做，副职不好干。我的实践告诉我，不论做什么事情，只要用心，就能出彩，就会干得有声有色。我深深感到，当副职，要使"正劲"，使大劲；当副职，要站在主官角度思考问题，摆正位置埋头巧干；当副职，要甘为"砂金"，功不争过不诿。总之，当副职更考验人，当副职同样责任重大，同样大可作为。

抉择。光阴在让人无所知觉中匆匆流逝，我在人民军队整整工作了30年。从大西南到大东北，从大兴安岭到老山脚下，我由一个青年战士成长为一名作战部队的师职领导干部。我不否认自己努力奋斗过，但我更感激党组织的培养和各位首长的关怀。没有他们，我自己算什么呢？

当我猛然发现自己47岁的时候，我开始了内心的痛苦抉择。如果继续留在部队，虽然稳定，甚至可以干一辈子，但我于心不甘。人生总该丰富多彩些，而我从未接触过地方工作，今后会是一个缺憾。

放弃也是一种智慧。我已经有了部队经历，那就放弃它吧，重新面对新的考验。于是，春节期间，我认真学习了中央和军委的有关文件，征询了一些同志的意见，毅然决定申请转业地方工作。当很多同志知道我的决定后，他们几乎异口同声两个字："聪明！"我心里明白，这两个字的内涵太多了。而我不愿去细想，只当是人们于我的夸奖，或者是军队给我的最后一次表彰。在师党委民主生活会上，集团军邱政委说我对部队做出过突出贡献，一到红军团，就会想起你杨伟智，并表示会全力把我的工作安排好，使我悬起的心感到了一种依靠。权政委两次跑重庆市委组织部，王师长在住学临行前也关注我的工作安置，让我特别感动，更加增添了我对今后人生的坚定信心。

写这篇文字的时候，组织上同意我转业的通知经总政批复已到了师里，我平静地看着它；同样写这篇文字的时候，我不时抬头看看衣架上的军装，我的眼里总是蓄满了泪水。我心里早已明白，世界是残缺的，美是残缺的，世界上永远没有圆满。

从今往后，我要从真正意义上回到故乡、建设故乡了。我深信，只要心到情到，插根筷子也能长出竹子来！我对自己充满信心，我的生命会更加充实，前景会一样光明，人生会依旧多姿多彩。

写到这里，我突然想起《沙恭达罗》中有这样两行诗句：

你无论走得多远也不会走出我的心，
午后的树影拖得再长也离不开树根。

2004 年 4 月写于江津

第二辑

耀眼的北极光

一个人的心能走多远

大兴安岭北坡，驻扎着架设国防通信线路的
沈阳军区某部"吃大苦耐大劳的有线电连"
将近一个月的时间里
英雄连队的勇士们奔忙在大森林里的沸腾生活
常常使我激动不已
而我随手记下的这些文字
谁不信就是那妙不可言的北极光呢？

一个人的心
能走多远

64块塑料布

　　四月底，祖国北极漠河还冷得直打哆嗦，架线连的干部战士便来到大兴安岭北坡的沿江林场设营。他们要在这儿执行国防通信线路的架设任务。

　　放下背包就为群众做好事，这是我们军队几十年的传统。正是这，使得人民群众敞开了海一般阔的胸怀，赢得了人民群众那颗对子弟兵滚烫的心！林场的环境卫生差，架线连给包了。几天工夫，就清理场院三千平方米，修了一条二百米长的道路，还为小学用木板夹上了长达四百米围墙。林场到塔河间有三十公里的电话线路坏了，连队派人冒雨抢修，保障了林场与外界的联系……

　　"一二三，三二一，一二三四五六七"，小学校的同学们在修整得平展展的操场上欢快地跳皮筋。上课铃声响了，老师告诉大家：今天是六一儿童节，请架线连的辅导员叔叔领大家到大森林里去春游，要猜谜语，还要讲叔叔们吃苦耐劳的故事，回来后再到连队和解放军联欢。孩子们咧开掉了门牙的小嘴乐了：和解放军叔叔在一块，有趣哪！

　　春游回来之后，小朋友们到连队一瞅，见叔叔们在林场的住房没有门窗，风儿刮来，冷飕飕的。回头一看，叔叔们睡的是地铺，铺的是树枝，一摸褥子，潮乎乎的，小朋友们的眼睛也潮乎乎的了。

他们跑回家去跟爸妈一说，抓起狗子皮、褥子、毡垫和木板就往连队跑。小朋友们琢磨，像咱家那样，铺上木板，再铺上这多暖和的东西，叔叔们睡在上面准保舒服。

但他们不知道，解放军叔叔有严明的铁一般的纪律，容不得留下这些东西，只能收下孩子们那一颗颗纯真而热情的童心。

小朋友呵，你可知道？心烫着心，更温馨、更暖人呢！

孩子们嘟着小嘴把搬来的东西又搬了回去。第四天，他们听说叔叔们要分点居住了，有的排甚至要去住牛棚，条件比这儿还艰苦，就不约而同地送来了64块塑料布，大的可以封门铺炕，小的可以封一格窗户。送到连队后，他们对叔叔们说："要是今天不要，我们就不到学校上课了！"战士们看看一个个嘟着小嘴的小朋友，不禁笑出了声，"这帮小人精，摆出威胁的架势了！"

几个干部一碰头，决定不要冷了孩子们的心，收下64块塑料布！第二天，连队又购买了三百本图书送给小学校，感谢小朋友对子弟兵的一片深情！

如今，64块塑料布有的封了门窗，有的铺了床，委实派上了大用场！战士们望着一张张洁净无瑕的塑料布，仿佛那是一张张雪白的纸。他们想，在人生途中，将画出何等秀美的图画，献给那些欲从"最可爱的人"身上寻求答案的孩子们呢？

嘘，别吱声

一声哨响，惊动了兴安岭刚刚醒来的晨鸟。它们欧啊地叫着，扑扇着双翅飞进了黑森森的密林，好奇地窥望着这些新来的白银那恰（鄂伦春语：山神）。鸟儿咧，那不是白银那恰，那是"喝令三山五岳开道"的架线连的猛士！

边陲漠河的黑夜太短，不到两点钟就天光大亮了。架线兵醒得比鸟儿还早，趁天凉，他们要乘车到二十里地以外去伐通道，挖杆坑。

哨音过后，战士们肩扛铁锹斧头，手握镰刀油锯，齐刷刷地站在车后集合。三排长刘兴林扫了队列一眼，发现八班战士陈波和九班战士张家久没在其中，不禁抿嘴乐了。

怎么不乐呢？他俩原本"不听话"呀！那个胖乎乎的张家久老实得从来不太爱吱声，在水泡子里泡了几天后发高烧，还咬牙坚持上线路，昨晚命令他今天留下休息，他到底是听话了！

还有陈波，今年不到十八岁，瘦瘦的个子，看上去似乎一脸孩子气。伐通道时，他陈波硬是捧着斧子不让人。干活时，排长见他张嘴喘长气，心疼了，硬是逼他去测量组掌标杆。陈波好说歹说没顶用，急哭了，扔下斧子跑到道边抹起了眼泪儿。排长更心疼了，只好把斧子送到小陈手上。他接过斧子，用袖子在花猫似的汗脸上一抹，又露出了笑嘻嘻的脸蛋。昨天晚上，他使用斧子不小心把手割了一条口，排长让他今天一定留在家休息。看样子，这回可听话了，你看，队列中不是没有他嘛！

排长一挥手，下了登车命令。副班长齐艳军第一个翻进车厢，一脚下去，踩在软乎乎的东西上，差点没给吓出声来。

乖乖，车厢里并排蹲着陈波和张家久，两人紧紧抱着斧子，几乎同时把手指搁在嘴唇上，哀求般说，"嘘，别吱声！"陈波接着又补充一句："副班长，咱俩可是老乡啊，你千万别——"张家久呢？干脆把头埋到了腋窝下！

除了坐在驾驶室带车的排长，人们都看见他俩了，但谁也没说啥。战士们心是相通的，说啥好呢？

汽车开动了。一会儿，睡了一夜的兴安岭就要醒来。鸟儿追赶着汽车，发出欧啊的欢叫，它们终于发现，这就是白银那恰，这就是真正的撼岳的山神！

一个人的心
能走多远

快活的油锯手

兴安岭的深处,架线连砍伐的六米宽线路通道,笔直得活像一条运河,滚着绿色浪涛伸向远方。人行其间,两侧松涛阵阵,头顶一线青天,宛如一幅恬静、动人的油画,让人神怡心旷,流连忘返。

"啪哒哧——啪哒哧——"随着油锯的欢叫,松脂油裹着达紫花香一齐袭来,让人强烈地感觉到了这莽山大野间独有的森林气息!

"顺山倒嘞!"孙德奎在喊。

"顺山倒嘞!"户艳也在喊。

一棵高大的铁甲松按着人们的意愿倒下了,一棵傲慢的白桦树也倒下了,一棵,又一棵……油锯还在欢叫,通道正在延伸。

眼前的壮景,勾起了架线兵的回忆。一个月前,人们望着哒啪哒啪怒吼的油锯和线路通道上必须伐掉的棵棵大树,面面相觑,不敢造次。不饶人的时间嘲笑着高傲地溜走了,急得人们攥紧拳头直砸树干。没法子,只好请了两名林场的七级油锯手当教练,连队挑选了九名"脑瓜特灵"的战士跟师学徒。怪得很,不到一个礼拜,他们要求出师了。师傅惊讶,赶紧看看他们的操作,一看更惊讶,"这帮精灵鬼儿,全都达到了三级油锯手水平!"

这下好啦！连队自己有了油锯手，他们平均每人每天伐树上百棵。孙德奎说，伐树真累呀！油锯重量二十斤，吼叫起来又震得厉害，放倒三四棵树就累得满头大汗，身上汗水没有干的时候。二班长张新龙说，伐树还危险哩，镰刀斧头先在前面划拉一遍，小树茬最容易戳脚板，伐树时还要眼疾手快，防止被大树砸上。说来笑人，我们那天伐一棵一搂粗的铁甲松，树干都锯透了，可它仍旧巍巍不动，真给我们吓糟了。听这儿人说，这个时候要特别镇定，只要你用脚在地上使劲跺三下，它就乖乖地顺着你意愿中的方向倒下去。可我们把脚板都跺疼了，它也纹丝不动。我们几个也火啦，用撑杆一顶，断吼声下，它终于躺倒了。

"吔嘿，耗子啊！"齐艳军一声惊叫，正在喝水的油锯手们呼地一下扑过来，人们的脑袋撞到一堆，差点碰起青包，一看逮住了那只足有两斤重的大水鼠，又同时朝不同的方向仰倒大笑起来！

哦，快活的油锯手，你们从必然王国进入了自由王国，放声笑吧！

"顺山倒嘞！"密林深处，又响起了油锯手们快活的叫声！

一个人的 能走多远

连长，我为你雕像

远景：大兴安岭风光旖旎；额木尔河款款东流。

摇：河边柳下，百花争艳；架线连砍伐通信线路通道的猛士们在艰苦劳作间小憩。

近景：连长姜海撂下手中的斧子，盘腿席地而坐，双手扭曲胸前，只一会儿，便倚着土坎睡着了。

特写：一群蚊子、瞎蠓和小咬围着连长那发黑的汗脸，似乎不忍心叮咬他！

音响：连长香甜的鼾声。

解说：哦，连长，我要为你雕像！

漠河夜短，不到两点天就亮。可零点了，你还没休息！昨夜吃完晚饭，你和三排的骨干一起开会，讲的话并不多，但却那么细；九班长张世才要入党了，你约他一起漫步在林间小道，深情的絮语，像路旁小溪中涓涓细流，滋润着战士的心田；夜幕降临，人们都睡下了，你还在那间四面透风的破牛棚里就着烛光，为提高施工速度改革有关工具。打杆眼的电钻做成了，拧镙母的扳手做成了，你又在琢磨"木相开槽器"制作。

天边泛白，隆隆的雷声震得大雨倾盆，你们住的牛棚漏雨了，你又挨个查看战士们的铺位。

晨鸟已经开始啼叫，你才在凹凸不平的被窝和衣躺下，脑海里却在不停地翻腾：明天，要去山脊边砍伐通信线路通道了，树子那么粗，板斧那么快，油锯那么沉，地势那么险……可别出事啊！

近景：连长还在酣睡。

音响：鼾声还是那么香甜。

近景：两个战士蹲在连长身旁，手握树枝在为连长驱赶蚊虫小咬……

解说：雕塑家心中的形象，多是英雄们刹那间的壮举。而我，却要在此刻为工间小憩的连长雕像！

值班员的开工哨哟，莫忙吹！让辛劳的连长再睡会儿！

哦，你猛地惊醒了，又紧握那把沉重的油锯，朝着那棵高傲的铁甲松奔去！

一个人的心
能走多远

"一把手"道情

杨干事，您这儿坐。

"一把手？"那是战友们开玩笑瞎扯的。究竟咋回事？这叫我怎么说呢！

咱连今年来大兴安岭架线，任务好重呢！测量定标、砍伐通道、开挖杆坑、抬运电杆……谁都忙乎得够呛！砍伐通道时，我的左手上磨起了几个大血泡，疼得我两眼直冒金星！

什么？光我？哪里，战友们都一样，班长手上的血泡还要多些哪！

是啊，这玩意儿讨厌得很，您看我这手，现在还皱皱巴巴的。没想到血泡磨破会感染，手肿了，胳膊也肿了。炊事班长说像他蒸的馒头，玄了点儿，不过创口化了脓，再干活时真疼哩！

那些天，我照样到线路上砍通道，挖杆坑，我戴着手套，他们谁也不知道。晚上我可难受了，怎么也睡不着，我就吃安眠药。杨干事别紧张，我不是想寻短见，是想吃药止疼，顶一阵儿算一阵儿呗！有时候实在忍不住了，我就用被子把头蒙上哭一会儿，又怕把边上的战友吵醒了，再说让他们知道我哭鼻子多丢人！

杨干事您别笑，我可真哭过，不信你看，我这人眼窝浅得很，在家时爹妈不知笑过我多少次！

后来胳膊疼得实在不行了，我才把左手用绷带吊起来。卫生员说这样要好受些。可是"一把手"的绰号却不胫而走了。

您说什么？要写我？快别写，早知这样就不跟您唠了。我说杨干事，您还是写写我的领导和战友们吧，要不是他们苦口婆心地教育我，像父兄一般地关怀我，我哪会像眼下这样，在人前有个模样儿哟！

说说他们？好吧，您先喝口水，我慢慢告诉您。

我这个人，您恐怕从他们口中知道了，去年全连到虎林县执行架设国防通信线路任务，我是新兵，在艰苦环境下施工，心里就特别打怵。迷迷糊糊过了一年，我不知道个人总结写点啥东西。今年初，大家都来帮助我，希望我振作精神好好干。我在私下寻思，冲人家一片好心，咱也得卯劲儿干它一阵子。

我有点进步了，连队好高兴！有天晚饭后，指导员送我一张精致的桦树皮，我瞥了一眼，心想"这玩意儿有啥用啊"？您猜指导员怎么说？"翻过来看看吧，小金，我送给你一首校园歌曲《脚印》，咱俩共勉，好吗？"我翻过来一看，可不是咋的！这首歌我们都会唱，您呢？唱给您听听？好吧，我五音不全，您听了可别笑话呀！

"洁白的雪花飞满天，白雪覆盖着我的校园。漫步走在这小路上，脚印留下一串串。有的直、有的弯，有的深、有的浅。朋友啊想想看，道路该怎样走？洁白如雪的大地上，该怎样留下脚印一串串？"

好听不？好听？您别逗了，杨干事。

对啦！指导员还在上面写了"共勉"两个字。共勉？多不好意思呀！人家当干部，立过二等功，和我这个差劲儿兵共勉，我够格儿吗？他告诉我，人生像一张雪白的纸，要在上面写好自己的历史，画出最新最美的图画。这下我明白了，指导员可真是用心良苦呀！我把它恭恭敬敬地夹到了日记本里，我要从此开始画好自己人生的图画！

您要记下？好，您记吧！最好把我们排长也记下。他关心我的事，可比父母都还细心嘞！

我不是成了"一把手"吗？那些天，只要起床号一响，排长就站在我的床头了，原来他是等着给我穿衣服，系裤带，接着又陪我上厕所。感人？是感人啊！每当排长给我穿衣服系裤带时，我一句话也说不出来，只有流眼泪。又哭啦？我这回可不是眼窝浅啊，连班里战士见了都有抹泪水的！

我当"一把手"那段时间，不光干部关心我，战友们也对我无微不至地照顾。有天早上，由于夜里手疼，天亮才睡着，他们起床时也没忍心叫醒我。吃完早饭，汽车发动的声音把我震醒了，我翻身下床就往汽车上奔。战友们使劲儿把我拉回屋里，安慰我说："金道桂哇，你留下吧，你的那份活我们多抬几根电杆就有了。你养好了伤，也是对连队的一份贡献哪！"

杨干事您听，这叫我怎么待得住哟，我趴在床上哭了好半天。过后一琢磨：战友，战友，亲如兄弟，这话可真说到了我的心上。

杨干事您都记下了吗？我求您写成稿子寄出去，请他们表扬表扬我这些战友，我先谢谢您，也谢谢编辑同志，好吗？

鄂汉情

大兴安岭北坡的盘古河畔，新近隆起了一座孤独的撮罗子（鄂伦春语：简易木棚），住着鄂伦春大叔景山毛路根和他的小女儿。这天黄昏，景山大叔喝了半瓶酒，抱头坐在盘古河边的土滩上，把猎枪扔在一旁，不知又想什么心事。美丽的奇塔哈鸟（鄂伦春语）高高地站在枝头欢叫，仿佛在唱着一首动听的歌：

"盘古河畔的猎手啊，

为什么垂头丧气？

兴安岭处处都有宝藏呢，

幸福和快乐永远属于你！"

景山大叔抬头将酒瓶一挥，奇塔哈鸟嗖地飞去了。绿荫下的小路上，却急步走来三名解放军！

"您好哇，景山大叔！"

咦，那不是来这深山里架电话线的马排长吗？这么晚了，出来干啥？"大叔，回撮罗子里去吧，天气凉了，会生病的。"

"景山大叔，您别怄气了，张大叔那边，由我们去说。"马排长说着，把地上剩下的半瓶白酒揣进了景山大叔的绣花猎袍。

原来，景山大叔到汉族邻居张大叔家喝喜酒，几大杯下肚，醉醺醺的景山大叔发起了酒疯，差点儿对张大叔动了拳脚。张大叔生气了，一脸不高兴。景山大叔一觉醒来，才知道自己酒后无礼，伤了张大叔的心。他羞愧得无地自容，便拉起女儿到河边搭起这间撮罗子。他直觉得，一辈子也无脸再见好心好意的老张兄弟了。

从景山大叔的撮罗子回来，马排长和几个党员一商量，成立了一个调解组，决心让鄂汉两家消除隔阂。那几天，调解组的战士奔忙于鄂汉之间，深情的话语比奇塔哈鸟的歌儿还要动人。张大叔落泪了，悔悟了。他开始为景山大叔收拾场院，料理家务。他还要亲自到盘古河边把景山大叔请回来，说是叫作"负荆请罪"。

这一切，景山大叔当然知道了。他听着解放军调解组的劝慰，又看看撮罗子里马排长刚送来的二十斤大米和三十个鸡蛋，感动得什么话也说不出来。他猛地抽出绣花猎袍里的酒瓶，狠命将它掷进了盘古河中。他寻思：解放军真是安都力（鄂伦春语：崇敬的天神），可张大叔能到盘古河畔这撮罗子来叫我回去吗？

枝头上，鸟儿又欢快地叫开了，这回不是奇塔哈，却是一只漂亮的沙吉鸦（鄂伦春语：喜鹊）！

鄂汉两家和好如初了，马排长他们心里好像注满了蜜。沙吉鸦还在不停地叫，似乎不愿飞去了。

景山大叔拉住马排长的手，呜呜地哭了起来。"解放军——安都力！解放军——安都力！"他又不知说啥好了。

在张大叔和马排长他们的协助下，景山大叔很快搬回到村庄，不一会儿他又肩扛着猎枪进山了，他要亲手打点儿野味，为安都力制成库库勒（鄂伦春语：肉干），让他们也尝尝鄂家生活的甘醇！

1984 年 6 月记于大兴安岭盘古河边

一个人的心能走多远

炮火连天的硝烟里
他们用誓言和行动
把一个个大写的爱
一缕缕深沉的家国情
镌刻在祖国的山水间……

爱

将帅抚士卒，必如父兄于子弟。

——抄自军长办公桌玻璃板下的条幅

吃午饭的时候，连长在饭堂作了一个简单的动员。大意是：今天下午，军首长要亲自到训练场检查我们的战术演练，大家要使出满招儿，别掉架。热，克服点儿，累，坚持点儿，到时谁也别熊拉巴叽的。反正是两个字，弄好。瞧我们连长这动员，多有趣！我放下碗筷看了连长一眼，他那神情是高兴的，但从他的双眉那间或的一皱中，也不难发现一种隐不住的担心。我呢，别看入伍好几个月了，还是个城市兵，到舅舅家去过北京，到姨家去过上海，也算是走南闯北，出过远门儿，但在军首长面前演练，这样大的阵势还真是大姑娘坐花轿——头回碰着哩！

回到宿舍，通信员送来一封信。一看信皮儿上那细挑而不工整的字，我便知道是上小学的小妹巍巍写的。多天真的小妹呀！她竟一开口就问我："哥哥，你当兵后见到过最大的官儿是谁?"我抿住嘴角轻轻一笑，心里嗔怪地骂了一句："这个讨嫌的死妹子。"

午休起床后，我们赶忙集合向"87"高地齐步走去。夏日的太阳真毒,周围没有一丝轻风,道路上腾腾直冒热气。大地仿佛是一个巨大的蒸笼,把人们紧紧地焖着,好像要蒸发掉所有人身上的水分。连长见我们的精神不太好,火了,"低着脑袋干啥,唉?"吼罢,又嘟哝了一句,"走道都想发洋财"。他这一说,真倒把大家给逗乐了。还是指导员心眼灵,他明白这是睡觉起床不久的"客观反应",于是起了一首《战友之歌》让大家唱。

"战友,战友,亲如兄弟……这亲切的称呼,这崇高的友谊,把我们结成一个钢铁集体……"嘹亮的歌声,激人心灵的情绪,早把困乏赶得无影无踪!

我在心里琢磨,指导员真行!连长严格要求是爱,指导员这可能就是一种"理解"的爱吧?印度诗人泰戈尔不是说过,"爱是理解的别名"么?

来到"87"高地,首长们不知啥时候已经站在山头。连长十分麻溜地整好队伍,跑步去向首长报告。我们在山腰,虽然隔有百来米远,但连长那碗口粗的嗓子眼冒出的报告词,仍然听得清清楚楚。他敬完举手礼,口齿清楚,节奏鲜明地报告说:"××团一连演练准备完毕,是否马上开始,请首长指示。"我一听,就在心里犯嘀咕:"这样热,也不先让喘喘气。"不知首长"指示"了几句什么,我们一个字都没听清楚。连长笑呵呵地跑回来告诉大家,首长说我们走累了,解散后先到树荫底下歇歇凉。我们班的小胖儿咧嘴笑了,悄声地说:"这嘛,还差不多。"

我找到一个灌木丛,就边一坐,又掏出小妹的那封来信看了一遍。"当兵后见到过最大的官儿是谁",这话问得多蹊跷!不是吹牛,入伍半年多来,营长、团长经常在我们周围转悠,他们都知道我叫卢二四。师长上个月在我们连队蹲点,跟我们一块吃二米饭,一起睡大通铺,他夜里带哨回来,还给我掖过好几次被子

一个人的 心
能走多远

呢。他跟我头一次谈心，就问家里几口人啦，都有谁啦，父母身体好不好啦，还问我有没有"长辫子"来信啦，就这，臊得我满脸通红。那天，他也知道了我有一个天真活泼的小妹叫巍巍，师长还说我这名有意思。老实说，几个月来我已经见到过的军官乃至大官儿们，给我的印象是好的。他们没有丝毫架子，总是平平常常，严肃而又风趣。在我看来，无非是胡子比我们长一些呗。有时候，我暗地里还埋怨他们不会"拿派"呢，你瞧咱们师长，身上穿件黄不拉叽的老头衫，腿踏一双黑布圆口的老头鞋，跟饭馆的大师傅差不多少，"派"都丢尽了，够多寒碜！但是，你可知道他们对人有多好？师长跟我闲聊时，知道我爸爸有腰疼病，特意给我一块虎骨，还给找了两个偏方，让我捎回去给爸爸治病。我给家里写信时讲了这是首长送的，可能小妹一听首长二字，才写信问我"大小"的吧？

我们连其他班排的演练都结束了。我们班演练的科目是原子条件下进攻。班长把我们带到山脚，在一条雨裂沟里明确任务，接着迅速整理行装。我一看，嗬！每人头上都戴了一顶用树枝、青草制作的伪装帽，在腰上左束右捆地交叉着背上那么多东西，再用人造革腰带在外面一紧，那个神气劲，简直没法说，这都是真格儿的呀！记得上小学那阵儿，我和邻居家的几个小孩把红纸剪成领章帽徽戴上，用一根绳子往腰里一扎，都觉得威武多了。我还跑回家来拿了一把玩具手枪，自封是个"班长"，俨然一副"指挥官"形象，小朋友们谁也没有理睬我，这下我可急了，手往腰上一叉，说："老子是大官儿，大官儿最凶，你们赶快怕我。"现在想来，多可笑。一个班长算哪门子大官儿？让大家怕你，究竟咋个怕法呢？连我自己都说不清楚。

进攻了。我们利用地形地物迅速隐蔽前进，可是刚一进入开阔地，一直跟着我们的一个身板硬朗的白发老头跑过来高喊停止，说我们运动姿势太高了，早被敌人的火力抹掉了脑袋，愣是命令我们重来。我心想，你瞧，人家那才是大官儿呢！小胖边往回走边嘀咕："这老头，一点毛病都不放过呀！"

这一"仗"下来，我们都像落汤鸡，一个个汗水淋淋，不是怕人笑话，裤腰带都能拧出水。那些首长朝我们走过来，脸上笑眯眯的，嘴里还一迭连声地说："演练不错，演练不错。"团长向刚才那个白发老汉指了指道："军长今天特意来看看我们的演练，大家坐下来，请首长给作作指示。"军长摇摇头说："莫着急，咱们先在一起摆摆龙门阵吧，要得不？"

军长在我的身旁盘腿席地而坐，他那青筋暴起的大手拉住我的手，不禁使我顿觉紧张起来。妈呀！这是统率千军万马的一军之长啊！如今就坐在我这个"新兵蛋儿"的身边，而且还亲切地拉着我，要是告诉小妹，她一准还以为我是在骗她呢！军长可能也觉得热了吧，掏出手绢擦了擦额头，转眼见我用袖口在脸上乱抹，就把手绢递了过来。我哪里敢接呀！心里"咚咚"跳个不停，慌忙说："不用不用，首长，我不热。"这是当面撒谎啊，军长不禁呵呵笑了起来。我却在心里埋怨，小伙儿为什么就不能像姑娘家多买几块花手绢呢？一块洗了，另一块也好替换哪！军长扳过我的脑袋，轻轻地给我擦着满脸的热汗。此刻，我竟像儿时淘气玩累了，妈妈亲昵地给我擦汗时，半躺在军长那宽阔的胸怀里。

军长从身上取下水壶，笑着问我们："渴了吧？来，你们几个人喝点。"我这时不像刚才那样抹不开了，第一个接了过来，喝了一大口，虽是茶叶水，却像蜂蜜一样甜！我们班的战友们在一个一个传着喝水的时候，军长又掏出一个塑料小口袋，对大伙儿说："你们谁会抽烟唉？这是贵州烟丝呢，劲不大，会抽的来一袋吧。"大伙儿不再感到拘束了，班长真的凑了过来。小胖在一旁叫开了，"卢二四，帮我卷一袋"。军长一听，下意识地问我："什么？你叫卢二四？"我"嗯"了一声，随着又点了点头。军长接着问道："怎么起这个名字？"小胖嬉皮笑脸地接过话茬，"人家二四说，那个名字还具有历史意义呢！"

"唉？"军长边划火柴边说，"你给讲讲要得不？"

我一合计，讲就讲吧，人家军长求到你，还有啥好说的？我把帮小胖儿卷的一支"喇叭筒"扔给他，使劲咳了两声，又在地上拣起一颗石子抓在手里搓弄着，才开始了我的讲述。

从哪说起呢？就讲我父亲的名字吧。

他原来叫卢善斋，1945年被国民党抓壮丁当了兵。那年，他才十七岁，在国民党军队里，新兵挨的打骂最多，他受不起那份儿罪，两次逃跑，结果都被抓回去，遭到一顿严酷的毒打。1947年农历二月初四，是爸爸满十九岁的生日，那天早上开饭的时候，他偷偷把连部桌子上一个白面馒头揣在怀里，借此想改善改善，以贺自己痴长一岁，没曾想被大嘴连长看见了，一顿皮带抽过之后关了禁闭。爸爸决计逃出虎口，趁开午饭的时候跑出来，翻过两座山岭找到了解放军。他脱下衣服露出被鞭打的条条紫黑紫黑的伤痕，哭诉着要求参加穷苦人自己的队伍。那天，连队特意炒了四个菜，团长又送来了一小瓮白酒，庆贺爸爸的生日和他从此开始了新的生活。欢迎会上，他满眼噙着泪水，用颤抖的双手接过连长递来的酒杯和着热泪一饮而尽。爸爸太激动了。当他投身人世以来，除了奶奶饿着肚子用低沉的曲调在他唇上哼起心底沉默的悲歌，爷爷将仅有的半个窝头让给他吃之外，爸爸从未享受过人间情爱。

他想，二月初四，是多么有意义的一天哪！既是生日，又是永诀苦难、弃暗投明的日子。他心里感到满足，觉得有些得意。只是有件小事儿还使他心里隐隐作疼：为什么别人一听到"善斋"就笑呢？他有点埋怨自己的父母了，这个名字多难听，你们是从哪儿因袭而来？于是，他想改个名字，就把想法告诉了连长，连长问他："你想改个什么名字呢？"爸爸憨笑着回答："就叫卢二四吧，怎么样？"谁料话刚出口，却被大伙儿一顿哄笑给笑黄了。后来，在指导员和文书几个秀才的参谋下，才正式更名为卢新生。可是，当我出生以后，爸爸还是将这个他自己觉得具有历史意义的名字"强加"在了我的头上。

我讲完了，军长慢悠悠地吐了一口烟雾，若有所思地说："是呀，这种爱是我军的传统，也是我军的生命哪！在我们这个人民的军队里，养兵千日中如果没有真挚的同志爱、战友爱、阶级爱，用兵一时的当儿就很难有勇往直前、义无反顾的猛士。"顿了顿，军长问我道："二四，你说对不对？"望着他深邃的目光，我认真地点了点头。

太阳离地平线只有丈多高了，变成一个红彤彤的火球，好像一个慈祥老者的面孔，和善地俯视着一切。草苗、花儿……所有生物一齐扬起脑袋，轻轻地晃着，像是在感谢它一天辛勤的照耀。晚霞映红了半个天空，我们踩着透过树隙而洒落在地上的余晖，唱起自豪、欢快的歌儿齐步回营。我一边走，一边唱，一边给小妹回信打腹稿：傻妹子，哥哥今天的心哪，像掉进了蜜罐里，军长跟妈妈一样为我擦汗，我还喝了他的茶叶水，你相信吗？你羡慕吗？等你长大了，干脆，也当兵吧！

1980 年 7 月写于哈尔滨

边塞新婚夜

　　我和志国还是在"广阔天地"那会儿就对上象了，算起来，已经有了十二个年头。四年后，他参军来到这边远的角落，我呢，也回城分配在一个研究所当了打字员。

　　打这以后，我妈成天只要一见我，便有事没事地叨叨几句："女儿啊，你和志国都二十好大几了，还要等到哪年月？趁我还能动弹，也好给你们带娃儿哪！"

　　就这样，妈叨叨了八年，我和志国都小三十了，才张罗着办喜事。

　　喜事临头，在哪办呢？我妈和志国家里都要他探亲，借春节在家办，也好热闹热闹。不久，志国回信说春节期间部队要加强战备，探亲是不行了，如果艾莺愿意的话，来部队结婚算了。

　　心里话，我才不管在哪办喜事呢，只要能结婚，和我的志国在一起，我就满足了。特别是到部队去，还能领略一番从小就仰慕的千里冰封、万里雪飘的北国风光，那更有意思。我想象中的婚礼、蜜月，充满了神奇的色彩，令人想起来都觉得甜丝丝的。

　　第二天，我简单收拾了一下行李，就踏上了北去的旅程。坐了四天四夜火车和一天汽车，又在爬犁上颠簸了个多小时，才于除夕这天上午到了志国他们连队。

哦, 茫茫雪原, 长长的国境线。我方一侧, 土屋一溜, 哨塔一座! 当天晚饭后, 我和志国的婚礼就在这边陲土屋里开始了。

先是指导员讲话。他一手捏烟卷, 一手端茶杯, 嘴里还含着一个糖块, 含混不清的苏北话, 我也没听懂好几句。随着大伙一阵阵的哄笑, 我的脸也羞得红一阵白一阵的, 真想地上裂个缝钻进去。

说起婚礼, 我倒还见识过不少, 可那是去嬉闹人家呀! 何况有男有女, 姑娘家又尽帮着新娘打圆场。今天倒好, 轮到我自己了, 偏偏又遇上满屋子全是一色的大头兵。他们闹起来, 用这个地方的土话说, 那才蝎乎呢! 你瞧, 中午就来转了一圈的四班长, 用根线拦腰把一块糖吊到屋中央的毛巾绳上, 接着发动大家起哄, 让我和志国同时一人咬一半糖吃, 还美其名曰和睦相处, 平等互利呢, 把我都给羞死了。

磨蹭了好半天, 我也没动弹。猛听志国低声一吼:

"艾莺, 上!"

妈呀! 这一吼跟打个闷雷差不多, 把我给吓了一大跳。

明知抹不开了, 我只好顺从地跟志国嘴对嘴地把糖块一咬两半。不知怎的, 这半块糖格外甜, 比我三十年来吃的哪块糖都有滋味。

你再看那群大头兵, 一个个乐得前仰后合, 还边笑边逗趣, "她也跟我们一样啊, 对连长的命令毫不含糊。" 我心里却说, "那可不一定呢, 看我等会儿怎么收拾你们连长。"

闹了半天, 总算差不多了吧, 谁知又噌地蹦出个二虎来, 他怪甜的一嘴一个 "嫂子", 献给我和志国一人一块玻璃纸包上的糖块。看志国都扒下纸吃了, 我也缓缓地送到了嘴里。暗自用力一咬, 天哪, 你猜是啥? 感情是一小方肥皂。你瞧这帮小妖精,

一个人的 心
能走多远

哈哈笑着有多损！

都快十一点了，也不知他们闹够没有，反正指导员这是第三次吆喝，"行啦行啦，都回去睡觉做梦吧，留点时间给人家小两口谈谈知心话。"啧啧，婚礼上没有哪一句话不是在戏弄人！

早就巴不得他们走了，望着这糖纸满地、烟雾缭绕的"新房"，我心里倒美滋滋的呢！

志国拉住我的手，问我道："艾莺，我们这战士之家还不错吧？"

真是没话找话，我笑而不答。

哦，新婚之夜，妈妈一定在为我祝福！

这突如其来的幸福，反倒使我陷入了深深的沉思。说真的，打从志国参军后，不少热心肠的人也劝过我："艾莺呐，去封信和那位大头兵拉倒吧，城里到处都有好小伙儿，非在一棵树上吊死不成？你看我们，一谈恋爱就在一起，有多好！生活嘛，要丰富多彩些。"

哼，生活！难道生活容许你那样恋爱，就会排斥我和志国这种恋爱？真见鬼！

当然，我也曾想过，正如志国一次来信所说，"我们和有些人比起来，似乎失去了花前月下的缠绵，没有很多接吻拥抱的机会，但我们彼此是心心相印的。"可以说，我和志国的爱情虽然迟到了一些，但今夜这种和谐将是永远的。

午夜过后，志国下床，从墙上取下手枪在手里拎着，然后转身替我掖好被子，柔声道："莺，你先睡吧，今晚是除夕，要格外警惕，我去查查岗，二十分钟后就回来。"哎哟，那模样简直像在哄一个小孩子。

"指导员不是说替你去查吗？"我有些热恋地问。

"过节都是我们干部站岗，他中午又帮厨，下午还为我们布置新房，够累了。"志国仍然柔声柔气，一点没个连长样。

"那……我等着你。"

志国出去了，我望着窗户上的大红喜字，心情很不平静……新婚之夜啊，有多少文人墨客把它描绘得色彩斑斓，把彼此的感情形容得如胶似漆。

眼前我了解志国肩负的责任，了解这里地处的位置，了解对岸有人居心叵测、虎视眈眈，更了解这嘎青的雪夜、封冻的江面……

夜啊，这么宁静！

二十分钟过去了，他没回来。半小时了，还听不到他叫门的声音。

我躺不住了，赶忙起身穿好衣服，去岭上的哨塔寻找他。在离塔五十米开外的地方，突然滚来一声闷雷般低沉而有力的问话："口令!"

乖乖! 这夜半三更的一声"口令"，把我吓了一趔趄。愣神过后，我才兴奋地喊道："志国，是我。"

攀上塔顶，志国一边给我扑打雪花，一边有些嗔怪地轻声问我："不睡觉，到这来干啥?"

是啊，来干啥呢? 说半夜出来找男人? 羞死了。但我还是吞吞吐吐地回答道："把人家都给急死了，真怕你……"

志国打断我的话，"是这样，上午我就听卫生员讲，一排长昨天发高烧，可他一直瞒着。刚才查岗时，果然发现他还在站哨，就命令他回去休息，我在这里替他一班。"顿了顿，志国又轻声道："呃，对了，我也该送你一样东西才是。"他从衣兜里掏出一个红布包递给我，待打开一瞧，我不禁叫出声来:

一个人的心
能走多远

"嘿呀！还是一枚金光耀眼的三等功奖章呢！"

刚停的风又起了，我忙解下围巾给志国缠到脖子上，他硬说这影响军容风纪，取下来又给我围上了。

我把头埋在志国那宽厚的胸脯上，任凭幸福的泪水扑簌簌地流淌下来。

他扶起我的头，拉了拉皮帽子说道："莺，别这样，叫对岸的人看见多不好。"

"让他们看吧。"我扬起脖子，用手指理了理垂到脸庞的头发，接着道，"咱们热爱和平，向往幸福，你我夫妻站岗，正是为了这美好的愿望！"

哦！茫茫雪原，长长的国境线……

1981 年 3 月写于黑龙江

人参鸟之歌

正是春花竞艳的时节，完达山如同一位端庄的秀女，穿上了一件绿色的新衣，那上面缀满了各种颜色的鲜花，使她显得越发俏丽。在这清新的山野上空，一只人参鸟似乎心力交瘁，用最后的力量发出一声尖利的鸣啭之后，从高高的云天中坠落下来，结束了它那一生不停地飞动的生命！

就在同时，她也死了，死在完达山下的一间小窝棚里，也像那只人参鸟，扑倒在地上安详地闭上了眼睛。

她住的这地方是大队的参场，离屯子还有挺远。看参人断气这天，竟没有一个人知道。当她的女儿给送粮食来的时候，才发现妈妈已经离开了人世。女儿的号哭，反倒使山野显得更加肃穆，一缕一缕的烟氲聚拢来，下起了毛毛细雨，让人心里发紧，不禁格外悲恸。

她的死，不壮烈，亦不悲苦，跟绝大多数山里人一样，死后只受用了一套蓝布制服，并匆忙地上了路，没有花圈，没有挽幛和哀乐，只有一列长长的低着头送行的队伍。

她是一个有着三十几年党龄的共产党员，当然，她还不曾有享受进八宝山的待遇。不过，完达山人都像怀念八宝山人一样怀念这个山里人。瞧吧，人们用最别致的形式祭悼她，在她的灵前

一个人的心
能走多远

献上一束束淡黄绿色的人参花，供上几条新鲜的鲫鱼和一根根如同棒槌般的人参。待几个老太太那痛切切的"妹啊，你干吗一口气不来就呜呵呼"的哀歌过后，这些山里人便围着她的坟墓跳起了没有任何音乐的"圈圈舞"，其情其景，撕心裂肺，真个是"此时无声胜有声"。

她叫卢萍，出生在天府之国的山城重庆。当时是一个什么样的时岁哟！国家穷困潦倒，百姓民不聊生，内乱外患，使美丽的河山荒脊颓废，满目萧条景象。一个伟大的民族正在痛苦地呻吟，经受着来自多方无情的蹂躏。卢萍，这位当时刚满十六岁的少女，毅然离开故乡，没向父母告别一声就偷偷地投奔了八路军，决计做一个伟大历史时期的新女性，开始弹奏她人生最美的乐章。

1941年深秋，卢萍几经辗转，终于来到延安的八路军抗日剧社，当了一名文艺兵。尽管生活环境艰苦，住窑洞，吃小米，但她热爱自己的事业，喜欢这火热的充满诗情画意般的战斗生活，乐于在这种严酷的条件下摔打锻炼。

五年延安生活，她肩背琵琶，兜揣竹板，活跃在各个战斗部队，和战友们不仅运用文艺形式战前搞动员，战中搞鼓舞，战后搞庆贺，还协助民兵运弹药，帮助群众抬担架……甚至在紧要时刻充当一名战斗员，抱着机关枪横扫，亲手杀死过敌人。那时，部队领导同志经常赞扬她们像百灵鸟，飞到哪就把歌声带到哪，唱到哪哪里的战斗力就会成倍增加。卢萍像其他年轻的女战士一样，无不为自己传奇色彩的生活暗自陶醉。

年仅十八岁的卢萍曾三次立功，并光荣地加入了中国共产党，同年初冬，她所在的小分队正在河岸边一个村庄为部队演出，突然遭到敌军空袭。正在台上演出的卢萍猛见一颗炸弹落下，她噌地一下从半人高的临时舞台上跳下来，扑到前排正中一位首长身上，用身体掩护了对方的安全，而自己却光荣负伤。

伤愈后，组织上把卢萍送往地方某医士学校学习，毕业后被分到江南新四军某部卫生所工作，改行当了一名白衣战士。

1945年秋天，日寇投降了，可是，盘踞在高邮城的鬼子负隅顽抗，拒绝向人民军队缴枪。秋天，我军被迫发起了高邮战役。

在这次战役中，卢萍舍生忘死，英勇顽强，在腹部中弹的情况下，仍然以惊人的毅力在火线抢救伤员，先后将五个重伤战士伏地驮到营包扎所，最后竟一头栽倒地上昏了过去。战后，上级授予她"一等工作模范"光荣称号。

三年解放战争中，这个瘦弱的姑娘，毫不吝啬地将自己全部的光和热奉献给祖国的解放事业。淮海大决战，横渡扬子江，冲进南京城……卢萍都立下了不朽功勋，成了一位人们仰慕的"一级人民英雄"。全国解放后，她已经是一名有较高医术的军医。1953年，她随部队跨过鸭绿江，奔赴朝鲜战场，为了朝鲜人民的解放和新中国的和平幸福，作出了自己应有的贡献。归国不久，她又响应党的号召，自愿报名第一批转业到祖国的北疆，开发沉睡多年的北大荒。

在长期的战争岁月里，她把自己最美妙的青春献给了祖国和人民。三十三岁的人了，居然没有谈过恋爱，艰苦的战斗生活，甚至没容她考虑过个人的终身婚事。

一个南国姑娘，从此将要长期生活在这完达山下荒原一片的地方，卢萍过去的首长和战友们都积极为她牵线搭桥，介绍的对象几乎都是当地省城、故乡重庆甚至首都北京的军官或者党政干部。卢萍感激这些热心肠的人，但她更有自己的主张——共产党人四海为家，以婚嫁为由逃离边疆过于丧失共产党员的良心。她寻思，十万官兵转业开发北大荒，难道还找不到一个志同道合的人？

她想对了。第二年，卢萍就跟同时转业的一位同志结了婚。

他们的生活条件极差，但彼此心里很幸福。迟到的爱情如同达紫香一样美艳动人，受到了他们加倍的珍视。

在这个地图上都找不到名字的地方，卢萍和转业来的十万官兵凭着一颗红心两只手，点燃了风卷愈烈的篝火，开垦出一望无垠的土地。一群群升起的雁阵嘎嘎叫着飞向南方，一片片金黄的麦浪卷来了人们的希望。高粱谷子冲着狂欢的垦荒队员，笑红了脸，笑弯了腰！

他们收获了一个又一个金色的梦！

心里又升起了另一个迷人的想往！

帐篷换了，搭起了土屋，土屋拆了，盖起了漂亮的楼房！

这块荒凉了多年的土地，自从大批转业官兵来到这里，从此便有了愉悦的笑声。他们在这里繁衍后代，要通过一代又一代的艰苦努力，把它建设成幸福美丽的乐园。

兴许是山高皇帝远，还是太偏僻的缘故吧，十年浩劫那阵，转业官兵们没太理会那些无休止的徘徊和疯狂，而是像在当年烽火连天的战场上，既然已经选定了主攻目标，就应无所顾忌地去拼杀，直到获得最后的胜利。

历史总是把最后的最开心的笑奉献给对它最忠实的人！

转业后，卢萍曾在大队卫生所干过，继而又到幼儿园当阿姨，每一个岗位，她都像战士那样忠于职守，无所图就。1974年，大队决定办参场和鱼池，可一时苦于找不到一个合适的人选当看护。这时，又像前几次一样，卢萍用恬静的目光征求党支部书记的意见，经过再三请求，她终于被批准来到这个七天回趟家的山中，从事新的行当。

这些年里，卢萍负责看管大队因地制宜建立起来的参场和鱼池，长年累月，她就生活在这远离村庄的山野里，含辛茹苦贡献力量。她还负责大队的业余文艺演出，不时登台为人们舞蹈歌唱。卫生所诊治不了的病人，也常常找到她的门下，而她总是有求必应，或是送医上门。在人们的心中，她这个有着光荣历史的多面手简直成了当地善良的人参鸟，受到大家衷心的尊戴。

在完达山，在整个东北，曾世代流传着一个悲壮而美丽动人的故事。说的是在很久很久以前，完达山下一个部落里住着一位名叫人参的姑娘，她生性温柔，美貌善良，从小就跟一个名叫棒槌的小伙定情相爱。有一次，部落主突然看中了如花似玉的人参姑娘，便想娶她为妾，人参姑娘宁死不从，使部落主大为恼火。经过打听，才知人参姑娘早已定情，便派人偷偷把在山上狩猎的棒槌小伙捆绑起来，推下了悬崖。人参姑娘获悉噩耗后，泣不成声，柔肠寸断，悲痛欲绝。她怀着悲愤来到棒槌哥哥被害的山巅，含泪静坐，一直哭了七七四十九天，最后化作一朵白云升上天空，如泣如诉的山风刮来，白云散去，出现了一只频频回头的飞鸟，用尖利悲切的嗓音鸣啭着"棒槌哥哥，棒槌哥哥"。从此，人们便管它叫人参鸟或棒槌鸟。传说人参鸟飞到哪里，哪里就有人参，就给哪里带来幸福，带来希望。直到现在，人们到山里找人参，也总是追踪人参鸟落脚的地方，并把找人参叫作找棒槌。

而今，完达山人管卢萍也叫人参鸟，该是多么情深意长的称誉啊！

是的，她像那人参鸟！

三十多年前，她不堪三座大山的欺压，愤然离别故乡，投身火热的抗战生活，从山城到延安，从江南到朝鲜，如今又到了完达山麓，像人参鸟一样，她飞到哪里哪里就有盼头，就有希望！

这么多年过去了，时间老人给她额上刻下了一道道的沟纹，习习山风偷偷吹白了她的双鬓。

　　前两年，下乡到这里的知识青年以各种不同的理由多数返城了，有人也曾劝告她找找过去的老战友，设法回到天府之国的南方。卢萍呢，却总是淡淡一笑，豪迈地说："我是北大荒人，我爱这美丽富饶的边疆!"

　　是啊，她爱这日益繁荣的地方——爱这里的人，爱这里的山，爱这里的水，即便一草一木，甚至每一抔黑油油的沃土，每一株绿油油的参苗，她都是那样强烈的去爱!

　　有的人，生命的火花在实验室，在银幕上，在比赛场……闪光，一举成名，叱咤风云;有的人，生命的火花却被夜光杯中的美酒渐渐浇灭，饱食终日，枉此一生，如行尸走肉，可叹可悲。而卢萍，生命的火花曾闪光在延安、江南和朝鲜的三八线上，如今，又在这不为人知的地方闪耀着璀璨的光芒。

　　她曾经是个不惧生死，为民族解放而战且建树了卓著功勋的英雄战士，后来成了一位完达山下脚踏实地的农民。我想，偌大个民族，该有多少默默无闻的人跟她一样?而祖国之所以一日千里地飞跃，无不是靠了这些民族的优秀儿女无怨无悔、挟风裹电的奋斗么!

　　她走了，永远地走了，但却把最美好的东西留给了人们，赋予了深情的爱恋，寄托着无限的希望!

　　哦，大山的好女儿!

　　哦，美丽的人参鸟!

1982 年 3 月记于哈尔滨

窗上的冰花

妈妈:

您好!您给女儿的信,走了二十天,才到了女儿的手中。原因么,听班长说,一到冰天雪地的冬天,大兴安岭深处总是这样。

妈妈,读罢您的信,女儿的心难过了。从您那泪渍斑斑的信纸上,我知道妈妈看了女儿寄给您的照片后心有多疼!我不该寄给您那张照片,更不该在信上介绍那张照片的背景——尽管只写了一句:"只要天冷,窗上就有冰花。"可是妈妈,我说窗上的冰花,它比我见过的所有花儿都要美丽动人!妈妈呵,您能体会这种美吗?您能理解作为军人的女儿的心吗?

两个月了吧,那是一个多么寒冷的夜晚啊!刚睡着不一会儿,就把我冻醒了。屋外,北风呼呼直刮,听来叫人那么可怕。飘飘扬扬的鹅毛大雪,下了整整一个白天,这会儿根本没有停住的意思。素以绿色森林著称的大兴安岭,此时银装素裹,完全是一个雪的世界!我们线路维护点五个女战士居住的房子,仅仅是一个临时搭就的"木克楞",两扇窗户用塑料布蒙上,结果还差了两块,班长索性将她那件雪白的背心和桃红色的毛衣钉补上去。可是,在如此漫长的寒冬,这样简陋的房子,怎能抵挡得住

一个人的心
能走多远

那无情风雪的疯狂袭击？五个姐妹全冻醒了，和我同年入伍的菲菲裹着棉被、大衣蜷曲在炕上，咽咽地抽泣了。那天，她才刚满十七岁呵，我们这些城市姑娘有谁吃过这种苦！妈妈，见菲菲冻得直哭，我觉得身上更冷，喉咙好像堵住了，我也想哭。

班长看看我们，什么话也没说，她麻利地穿好衣服，跳下地来劈木桩子生火取暖，火光把她那张山东姑娘原本非常漂亮的脸蛋映衬得更加美丽动人！

屋里暖和多了，菲菲不再哭了，班长微笑着对我说："小黄，你唱歌一定好听，来一支你们家乡的四川清音怎么样？"

哎妈妈，您和爸爸为啥要给我取这个名呢？一提唱歌，姐妹们总要哄我，怪难为情的。

姐妹们期待着，我真唱了，那是小时候我听妈妈您唱过的一支歌：

妹子清早起了床，
立在窗前巧梳妆。
一枝桃花探窗内，
窗里花红窗外香。

姐妹们夸我唱得好，我的脸儿红了，是用心看见的。班长拨着柴火，嘴里喃喃自语："咱这窗上要有玻璃，看看窗上的冰花，那才带劲儿呐！"

嗬，窗上的冰花！我从西南山城入伍到东北边陲才没多久，还不知道它是什么模样。我想，窗上的冰花，一定十分可爱、十分迷人吧？

那个非常寒冷的夜晚，我却睡得十分香甜，班长像亲姐般一直搂着我，竟让我浑身直冒热汗。

第二天中午，当我们从通信线路上维修回来，发现窗户上新装了亮光光的玻璃，替下了班长那件冻得梆硬的背心和毛衣。留守的菲菲说，那是鄂伦春族姑娘依尔嘎送来的，她说下大雪了，窗上该开冰花了，她阿爸还让送来五张狍子皮，已经铺到了我们的炕板上。

班长显得特别兴奋，第二天一早便把我们叫起来看窗上的冰花。我一睁眼睛，顿时觉得无比稀奇。

哦，窗上的冰花，晶莹美丽，妙不可言！

我们津津乐道窗上的冰花，互相询问着那美妙的图案怎么形成，它像什么样的花。我说像嘉陵江岸的万年青，菲菲说像她家乡洛阳的白牡丹，娟娟说像她家乡北京的串串红……我们问班长，班长说像依尔嘎——依尔嘎就是鄂伦春语：最美的花！

哦，像依尔嘎！我在心里寻思：也像你呵，班长！像你们鲁南的枣花！

吃过早饭，班长要给我们照相，背景就是那窗上的冰花！

哦，美丽的冰花，开在洁净的窗上，开在女儿的心上！

女儿　黄莺

1985 年 1 月记于哈尔滨

　一个人的 心
　　　能走多远

额木尔河水清清

A

久违两年，我又回到了美丽的额木尔河。

悠悠船儿，载着我，载着她，稳稳地朝着对岸驶去。

尾尾鱼儿，没有忧，没有愁，欢快地向着远处游去。

宽宽的额木尔河，舒服地躺在大兴安岭北坡，吻着河床嫩嫩的草叶，舐着两岸低垂的柳尖。太阳照在平静的额木尔河上，整个河面泛着耀眼的光。

"当官的阿哥，新来的吧?"姑娘回首望望我，大胆地给我一张笑靥。

"噢，新调来，分到边境哨所去。"一抬眼，恰好和她的眼光相撞了。

她的脸儿红了。

我的心儿颤了。

我转身倚着船舷，望着清澈见底的河水，哟，我的脸也红了，是用心看见的。我用手蘸一下凉酥酥的河水在脸上抹了抹，感觉镇静了，却把河面上那张英俊而绯红的脸搅碎了。

"摆渡的阿妹，你几时做的这活儿?"我微笑着问她。

"我么，依尔嘎①谢的时候，船儿就随我了。"说这话时，她的声音那么低沉，那么凝重。依尔嘎！我心头一震，耳际仿佛萦绕着那支她特别喜欢的柬达伦②，那是一支在鄂伦春族世代流传的古老歌谣：

> 和月亮在一起的，
> 是天上的星星。
> 和花草在一起的，
> 是大地上的泥土。
> 额木尔河的猎手啊，
> 勇敢的安都力③哥哥，
> 和你在一起的，
> 是美丽的依尔嘎。
> 来吧，情人，时候到了！
> 和你在一起，
> 依尔嘎心里多么快活！
> ……

额木尔河在我眼前流淌。

额木尔河在我心上流淌。

河水清清，鱼儿戏游。撵着鱼儿游去的方向，我看见了，哦，真的看见了……渡口下游不远的河湾处，一样清清的河水里，有个宛如仙女的姑娘像鱼儿般在戏游。她很欢快……不，她很忧伤；河水就要吞没她。她羡慕地仰望着丛林间飞出的那对幸福的小鸟，她那美妙的胸脯上漂浮着那束像是浸满泪珠的达紫香。

一个人的 ❤
能走多远

风儿紧了，水流急了。

她漂去了，漂去了……

"当官的阿哥，想啥哩，坐到当间，小心掉到河里。"她的声音不再那么低沉，那么凝重，说完竟响起一串"咯咯咯"的笑声。

我欠了欠身子，却没挪动座位。不知怎么的，我竟脱口问道："摆渡的阿妹，划船累吗？""你说呢？"她反问。

"这活儿应该男人干。"我说。

"可你现在却坐着。"

"让我来帮你划吧！摇橹打桨，我会。"我扶着船舷晃晃荡荡地站了起来。

"不，只有情人才是男女合摇一只船儿。"

"我是说，你歇着，我来摇。"

"阿哥动手了，阿妹闲得住吗？"

我的脸儿红了。

她的笑声响了。

"新来的阿哥，你喜欢这儿吗？"

"喜欢。"

"你说，眼前这山水像啥？"

"像画。"望着水中山的倒影，我答。

"像梦。"她的语气更坚定。

像梦？难道真的像梦么？

朦胧梦中，我寻找我，也寻找她……

B

盛夏季节，林海一片绿色。强烈的阳光透过树隙射下来，亮亮的光斑星星点点洒满一地。松软潮湿的土地上，白芍药、达紫香、牵牛花、伞莲花……竞相开放，各放异彩。山中的条条小溪，顽强地朝着额木尔河奔去。各种鸟儿、兽类忙着自己的事情，间或发出各种不同的叫声……这一切，巧妙地构成了大森林特有的美景和韵律。

我乘坐林场的客车，急急地扑向额木尔河的怀抱。重新回到离开了两年的地方，我要勇敢地采撷那朵大森林里最美丽的花，当然首先是深深的忏悔，请求她的宽恕。可是姑娘呵，你知道我此刻的心情吗？

"依尔嘎！"面对无垠的林海，我在心头呼唤。哦，那只传递喜讯的沙吉鸦④，你快点飞，捎去我对依尔嘎的问候。告诉她，那个她深深地爱着一定也深深地恨着的人回来了，再也不会离去了，因为他不仅带来了忏悔，更带来了火热的、公开的爱情。

"依尔嘎！"向着一闪而过的棵棵大树，我在心头呼唤。呃，这是那棵苍劲的铁甲松吗？缠满树干的青藤攀绕到什么地方了？就是在道边这棵铁甲松下，她说过："什么时候青藤攀绕到树尖，它们的爱情就会成熟。"她说过的，说过的。

"依尔嘎！"凝望款款东流的额木尔河，我在心头呼唤。是这儿，就在这清水荡漾的河岸边，在这棵枝条密匝的水柳下，我们曾掬水解渴，她要……哎，我怕羞，我没勇气，她竟流了眼泪！也是这儿，她说过："长河鱼儿远游不见踪，有情人儿千年也相逢。"

青藤攀绕到树尖了，我们的爱情该成熟了。

一千年太久，我们马上就要相逢了。

"欧啊。"一只孤鸟鸣叫着从对岸黑魆魆的密林中飞出，越过额木尔河，从我头顶飞掠过去。

一个人的心能走多远

我正望着鸟儿飞去的方向出神，突然，从对岸飘来那熟悉而悦耳的歌声：

　　　　和月亮在一起的，
　　　　是天上的星星。
　　　　和花草在一起的，
　　　　是大地上的泥土。
　　　　……

　　哦，依尔嘎！我想喊，可怎么也叫不出声。
　　过了一会儿，才见她从撮罗子⑤里面走出来。撮罗子是临时搭起的，依尔嘎的家在离渡口不远的岩山下。
　　她看见我了，飞快地朝着河边奔跑……
　　哦，是她，依尔嘎！绣花猎袍好红啊，像一团滚动的烈火在燃烧。头上插的什么花呢？离得远了，看不真切。
　　你认出我了吗？为何跑得那么急？
　　"当兵的阿哥，过河吗？"她一跃跳到船上，长篙一点，船儿迅急射离了河岸。
　　她没有认出我。也好，等她到了跟前，好让她一下乐颠过去。
　　我转身躲进了旁边的柳丛。可惜，柳条太密了，躲在这儿我也什么都看不清楚，委屈一会儿吧！
　　"哗——哗——"船儿近了。我的心儿跳得更急了。
　　我凭感觉，船儿靠拢了，她已跳上岸来了……
　　"当兵的阿哥，你在哪？上船吧！"
　　"嗨嗨——"我一声怪叫，腾地一下蹿了出去。

"妈呀，干啥？"她愠怒了。

"啊？"我定神一瞧，不禁倒抽一口凉气：面前的姑娘竟然不是她——我日思夜想的依尔嘎！

她见我满头大汗，一脸窘相，瞬间又笑了："上船吧，爱吓唬人的阿哥。"稍顿，她又道，"啧啧，还是个军官呢！"说着，拎起我的提包跳到了船上。

船儿在宁静的额木尔河上划行，有节奏的桨声，听来格外让人对这河流这森林这一派秋天的景色充满痴恋。

鱼儿游去了，这船，还是三年前的那只船吗？

C

这是三年前的那只船。

三年前，河水也是这么宽，这么清；垂柳也是这么低，这么绿……

悠悠船儿，载着我，载着她。

尾尾鱼儿，没有忧，没有愁。

"当兵的阿哥，以前怎么从没见过你？"她问。

"给团长当了一年警卫员，现在下到前边哨所当班长。"我怎么说出这话？她可别以为我是在炫耀自己呀。可是，哪有几个小伙儿不在姑娘面前逞能呢？我能例外么！

"当兵的阿哥，我问你，咱这地方美哦？"

"美哟，还用问吗？"

"你说，大兴安岭像什么？"她问。

"像卧龙。"我答。

"不，像小伙儿，像你。"她说。

一个人的心
能走多远

怎么像我呢？真逗！

"额木河呢？像什么？"她又问。

我不敢随便回答了。

"像姑娘，像我呢！"她自问自答。

你哟，不怕羞的姑娘，好勇敢。勇敢得叫我也不那么拘谨了。

"摆渡的阿妹，你叫什么名字？"我笑着问她。

"我么，依尔嘎！请问阿哥，你打听名字干啥，要去我家提亲吗？"

"我要是去提亲呢？"

"依尔嘎满口应承。"

我语塞了。

"阿哥敢来摇橹吗？替我打个帮手。"她的眼光也在询问我。

似乎一种解脱，我赶忙过去接过橹儿摇起来。

我们对面而立。

我摇起橹儿，她打起桨儿。我望望她，她望望我。我的脸儿红了，她的脸儿笑了。

"呵——嗬嗬嗬——"是唤风吗？可是小船没扯帆啦！哦，她在唱歌呢！

和月亮在一起的，
是天上的星星。
和花草在一起的，
是大地上的泥土。
额木尔河的猎手啊，
勇敢的安都力哥哥，
和你在一起的，

是美丽的依尔嘎。

来吧，情人，时候到了！

和你在一起，

依尔嘎心里多么快活！

······

歌声真美！我听得入了迷。唱完了，她一甩长发，"班长阿哥，你好大胆嘞。"

"为什么？"我惊异地望着她，几乎停下了橹。

"你知道吗？在我们鄂伦春族，只有情人才是合摇一只船。"说完，她的脸儿也红了。

"不是你让——"我被骗了，但我却感到幸福，这是甜甜的受骗，我的心注满了蜜。

我冲她似乎不介意地笑了笑，又使劲摇起橹儿。

她的脸上顿时出现了惊喜的神色，惊喜得忘记了打桨，小小的船儿在河心打起了旋儿。

"勇敢的阿哥，我喜欢你！"

哦，悠悠船儿，我多想你永远泊在我心河的岸边。

依尔嘎呵，美丽的姑娘；你喜欢我，我很幸福。可现在，我还不能对你说："我爱你！"我是战士，军队有规定，士兵不能在驻地找对象。虽然，这儿离我将去报到的边境哨所尚有二十里，可是，一旦领导知道了，得了吗？因此，我只有将爱紧紧地囊在绿色的军衣里面，深深地埋在滚烫的心底，将它变为一种"天天向上"的动力。待我成为军官之后，我知道怎么做，依尔嘎你明白吗？

"摆渡的阿妹你看，这条鱼儿好大，呃，它沉下去了。"

"那是被依尔嘎的美貌羞的。"

"瞧，它又游出来了。"

"它在偷听情人说话。"

"嗬，快看，游来好大一群。"

"看见了，它们也羡慕人间的亲密。"

一阵轻风吹过，依尔嘎突然停住桨叶，一边直眨眼睛，一边用手臂在眼睑乱揉。

"咋啦?"

"吹进东西了，阿哥替我看看吧。"

我直起腰来，一手托住她的脸，一手为她翻眼皮。离得太近了，她的鼻息那么急，喷到我的脸上，温热温热的，还有女人特有的香气。

蓦地，她一下扒开我的手，飞快地贴着我的嘴唇给了一个重重的响吻!

哦，姑娘的吻，火爆、温润。

我又受骗了，差点仰倒在河水里。她一把拽住我，兴奋得发出一串"咯咯咯"的笑声。

我没有笑。我摇起橹儿，又怕惊散了河水里那群无忧无虑的鱼儿……

哦，尾尾鱼儿，没有忧，没有愁。

我呢?

D

大兴安岭北坡，古木参天。国防公路经过额木尔河，活像一条笔直的运河伸向远方。人行其间，两侧松涛阵阵，头顶一线蓝天。我们的哨所，地下室是饭堂、学习室和仓库，地面的平房住着我们二十多个小伙子，排长年纪大点，也不过二十六岁。地下室通向凸出的碉堡般的瞭望塔，上面有高倍数的望远镜和性能良好的潜望镜。隔江岸上是邻国的一座小城，和我们的哨所仅仅百米之遥。

站在高高的瞭望塔上，望着对面城市忙碌的人们，我时常这样想："依尔嘎呵，何时能到这条江上摇橹打桨呢？"人们需要交往，哪怕是小额的物资交易。我们，还有依尔嘎和她的乡亲们，连买油盐都得到两百多里外的县城，真难为这些林海深处的人们了。

"班长。"谁在叫我？

"排长让你开车到县城买东西。"我们班的新兵小顺子在地下室的梯口处，冲着塔顶高声喊叫。

天太热，森林屏障隔住了凉幽幽的风。我满头大汗地驾着哨所这辆用了多年的摩托车，风风火火地朝着额木尔河急驰而去。

美丽的依尔嘎，我们又要见面了！

到哨所十个月了，三百天里，我骑上摩托到县城为哨所买东西、取报纸、送病号……不知路过额木尔河有了多少次。

"呵——嗬嗬嗬——"大老远，就能听到依尔嘎那美妙的歌声了。

呃，孤舟横渡口，依尔嘎人呢？呵，歌声来自下游不远的河湾处。

我循声走了过去。

……

来吧，情人，时候到了！

一个人的心
能走多远

和你在一起，

依尔嘎心里多么快活！

"摆渡的阿妹你好悠闲，你够快活了，我还要过河赶路呢！"我在心里这么想着，不觉来到了河湾处。

猛一下抬眼，天哪！她在干啥？

清清的河水中，依尔嘎正一丝不挂地仰身在浅浅的河水里，时隐时现的双乳骄傲地挺立着，似乎泛起晕人的白光。

哦，山的情人，你要拥抱她吗？

哦，河的姐妹，你真叫人嫉妒！

她太美了，美得叫人惊叹。

她太勇敢了，勇敢得竟至毫无顾忌地袒露一个姑娘全部的珍贵的秘密。

我的脸儿红了。

我的心儿颤了。

脚下，正是依尔嘎那件火红的绣花猎袍……这要是一件泳衣多好呢！不过，密林深处，用得着么？在慈善宽容的母亲怀抱，她的女儿是可以痛痛快快撒欢儿的。

我不能待在这里，我要离去。鱼儿见了，要羞我的。

回到渡口，我摁响了喇叭，依尔嘎肯定听到了。

等了一会儿，却不见她过来，我正想再摁喇叭催她，忽听依尔嘎一声惊叫："班长阿哥，蛇！"

我飞身跑去。她上岸了，身披绣花猎袍蹲在地上，缩作一团瑟瑟发抖。

"蛇呢？在哪？"

"那……那儿。"她的手颤颤地指着身旁的草丛，声音都变调了。

我猫身缓步上前，两眼圆鼓鼓地瞪着那丛没有一丝动静的蒿草，生怕那蛇会忽地蹿出来，昂着冷冰冰的脑袋，呼呼直吐红红的信子。其实，我也怕蛇，只是在姑娘面前，我要装出一副军人加男子汉的勇士形象。我继续胆突突地接近草丛，没想依尔嘎却呼地跃起，两手牵开绣花猎袍，一把将我搂进她那湿漉漉的怀中，死死地将我箍住。

"来吧，阿哥，依尔嘎是你的了。"她涨红着脸，急速起伏的胸脯挤得我喘不过气来。

"快别，依尔嘎。"但是，我却没有力量推开她，一任依尔嘎的头在我脸上磨来蹭去。

我似乎木然地站在那里，心底却像岩浆在奔涌。

这就是那朦胧而撩人的梦吗？

此刻，我感到泪水溢出了。好坦诚的姑娘，你毅然将自己的一切献给我，可我能现在就接受吗？不能，我不能。此刻，我忽然在心海深处浮上一个铮铮的决心。我将向那个目标发起冲刺，到了那一天，一个年轻的军官将站在你的面前，我会主动……依尔嘎你相信吗？

"砰。"不知哪里传来一声猎人的枪响，依尔嘎慌忙将我推开，迅即穿好了衣服。

出浴姑娘那么美，绣花猎袍那么红。

"班长阿哥，进城啊？"问这话时，她的神情那么慌乱。

"给哨所买东西，快送我过河吧。"我的心还在突突急跳。

悠悠船儿，载着我，载着她。

船儿靠岸了。我发动摩托正待离去，她却一下跳到后座上，紧紧抱住了我的腰。

飞驰的摩托载着她，不会有人瞧见吧？

"班长阿哥，我该回去了，就在这儿下车吧。"

道边，一棵钻天的铁甲松，傲然而立。

"阿哥你看，那青藤把树子缠得好紧。"

"唔，看见了。"

"铁甲松太高傲，青藤会让它屈服的。"

"是吗？"

"什么时候青藤攀绕到树尖，它们的爱情就成熟了。"

"也许是吧。"

我正想骑车赶路，却被依尔嘎叫住了：

"班长阿哥，你在城里给我带块香皂吧。"她把钱塞到我手里。

"好的。"

"还有，帮我买一件……嗯……那种穿在女人褂子……里头，托住那东西的……那东西。"说完，她转身跑开了。

第二天，当我从城里回来时，依尔嘎早就在渡口等着了。我把香皂交给她，对她说：

"你要的那东西，城里没有。"怎么会没有呢，可我哪好冲冷冰冰的女售货员购买那东西哟！只好骗她。

依尔嘎绝对信我的话。她似乎很满足。而我，心里却生出一种难以言状的愧疚。我负了债，依尔嘎请原谅我。

她渴了，捋了捋垂在前额的一绺头发，趴在岸边饮那清清的河水。

我也渴了。正俯身饮水，她却拉住了我。她嘟着含满河水的小嘴，顺手剥了一根草管，插进嘴里深情地注视着我，示意我过去含住草管的另一头。她要从那活的泉眼里为我解渴。

我看了她一眼。我没有勇气。待我饮完河水站起来时，她哭了。泉水喷出了，草管折断了……

依尔嘎你莫要哭！

情人啊请等着我！

E

我敢肯定，这就是两年前也是三年前那只船！

"摆渡的阿妹，问件事行吗？"

"说吧。"

"打听一个人。"

"谁？"

"依尔嘎。"

"你打听她？她……走啦！"这时，她才认真地辨认我，但她的脸上却有些伤感，声音重又那么低沉，那么凝重。

"她走啦？"我怅然若失，心里发空，起先那股欢实劲儿荡然无存。我寻思：她嫁到了什么地方呢？

我不相信，绝不相信。两年前，就在这渡口边，她知道我考上了军校，要去报到了，她既兴奋，又显出怅惘。面对清清的额木尔河，她塞给我一包喷香的库库勒⑥，低声对我说："长河鱼儿远游不见踪，有情人儿千年也相逢。"望着多情的姑娘，我对她第一次点了点头。我在心里说："等着吧，依尔嘎，我们会有那一天的。"

可是现在，你却走了，嫁人了。

依尔嘎呵，为了你，两年来我在那条拥挤而充满艰辛的路上跋涉，你可知道那是多难打熬的两年时光？而今，我终于成了一

124 一个人的心

能走多远

名军官，可以公开我们的爱情了，可你为何不等我呢？

哦，糊涂的双亲哪！难道鄂汉之间就不能通婚？我和依尔嘎的心是相通的啊！

哦，可诅咒的依尔嘎！你那无所顾忌的勇气呢？还记得你对我说过的那些话吗？青藤攀绕到树尖了，我们的爱情也该成熟了。我看见的，看见的！难道你再也没去看过吗？

船儿靠岸了，我从提包里取出一只用红纱巾裹住的小包袱。我要了却一桩心愿。

"摆渡的阿妹，请你将这东西转交依尔嘎，行吗？"

"我领你去吧，她就在附近。"

她就在附近？哦，我的依尔嘎又要什么花招？我知道，她一定会等我的。"有情人儿千年也相逢。"这是依尔嘎说过的话。

可她躲在什么地方呢？

跟着摆渡的阿妹，我沿着河边在柳丛间匆匆穿行。不大工夫，便来到了下游的河湾处。这不是那次我偷窥依尔嘎洗浴的地方么！

"她呢？"我激动地问。

"在这儿。"

天哪！在依尔嘎放过绣花猎袍的地方，何时隆起一座小小的坟茔！

"阿姐，你牵肠挂肚的那个班长阿哥当上军官了，今天看你来了。"眼下，她已抽泣得说不下去了。

我没有哭，我哭不出来。太突然了。我直觉得天在旋转，地在旋转，天地间的所有一切都在旋转，旋转得快要翻过个来。

摆渡的阿妹一边哭，一边呜咽着告诉我，去年夏天，额木尔河暴发山洪，渡口只好封了。有天晚上，哨所那个叫小顺子的战士得了急病，要连夜送往县城抢救。依尔嘎把他们送到对岸，返回时再也没有爬上来……这坟里埋的，只是她那件火红的绣花猎袍。

哦，依尔嘎走了，真的走了，永远不再回来了！

面对小小的坟茔，我的心都滴血了。当初，为什么不能勇敢地爱她呢？她是带着希望也带着失望走的呵！刚才，我怎么还那么无情地责备她呀！上帝也不会宽恕的。

小顺子，你为什么偏偏在那会儿得病呢？

额木尔河呀，你是孕育我爱情的摇篮，可你也是埋葬我爱情的地狱呵！你吞噬了我的依尔嘎，不论人们怎么赞美你，我都将永远把你诅咒！

我缓缓地跪在坟前，凝望近处远处一簇簇怒放的达紫香，无声的眼泪簌簌而下，手指深深插进了坟土里……

情人呵，此刻，我在外头，你在里头。不，你在我的心头呵！

F

清清的额木尔河，安详地依偎着大兴安岭。款款而流的河水从我心上流过，一下紧似一下地撕扯着我的心。

蓦地，仿佛从遥远的天边，又飘来依尔嘎特别喜欢的那支柬达伦：

来吧，情人，时候到了！
和你在一起，
依尔嘎心里多么快活！

"依尔嘎——"我仰天呼唤，森林里颤荡着悲怆的回声……

歌声消逝了。

回声远去了。

我打开小包袱，取出在海滨城市特意为依尔嘎买的那件鲜红的泳衣和她希望得到的"那东西"，轻轻投向河水里……

依尔嘎呵，我的爱人：从此，我的胸中搏动着两颗滚烫的心，你将永存我心之一角。我会永生铭记你那甜脆的笑声，你那动听的歌谣，你那火红的绣花猎袍，你那火爆、温润、深情的吻……

依尔嘎呵，我的爱人！你——快活吗？

注释：

①依尔嘎——鄂伦春语：花。

②柬达伦——鄂伦春语：心中的歌。

③安都力——鄂伦春语：天神。

④沙吉鸦——鄂伦春语：喜鹊。

⑤撮罗子——鄂伦春人用树棍和兽皮搭起的简易房子。

⑥库库勒——鄂伦春语：肉干。

1985 年 2 月写于北京西直门

南疆夜虹

今年八月十八日二十一时，天刚黑，祖国西南边疆的前线突然夜空放亮，不一会，一条七彩夜虹横亘空中，还有一条若隐若现的副虹相辉映，蔚为美丽壮观。

雨后彩虹，本是常见的自然现象。但是，在夏夜里竟有一条巨大彩练横空，这就罕见了。关于夜虹，唐诗中曾这样写道："谁把青红线两条，和云和雨系天腰？玉皇昨夜出宫殿，万里长空搭彩桥。"在我国古书中，也有一些关于夜虹的记载。晋代太和三年，即公元 368 年 9 月，夜虹见于东方；公元 406 年 7 月，夜虹又见于西南方。《位书》上的记载则更加详细："世宗正始四年十一月丙子，月晕，东有白虹长二丈许，西有白虹长一匹，北有虹长一丈余，外赤内青黄，虹上有背。"这里说的虹上有背，是指在夜虹的上方出的副虹，色彩较浅。此后，有关夜虹的记录也有很多，于是引起了古今科学家们的研究兴趣。

科学研究证明，夜间虽然没有太阳，但是，如果适逢有明亮的月光，大气中又有一层适当的云雨，就能出现美丽壮观的夜虹。因为月光是反射阳光，所以夜虹也是由赤、橙、黄、绿、青、蓝、紫七色组成。而月光比阳光弱得多，人们见到的夜虹，多数都是乳白色的，彩色夜虹就较鲜见了。

一个人的 心
能走多远

夜虹的出现，人们对它有种种猜测，还有人说这是不祥之兆。为此，云南《文山报》发表专题文章介绍夜空出现彩虹的奥秘，告诉人们夜虹并非不祥之兆，完全是一种正常的自然现象。

夜虹给坚守在猫耳洞的战士带来了欢乐。他们探首洞外，欣赏着大自然赐予的这一奇妙胜景，倍觉乐在其中，心胸开阔。镇守主峰的某连 C 号阵地上，战士罗雪向战友讲起了儿时在夏夜里听奶奶给他讲过的故事："彩虹是玉皇大帝最小的女儿，人称七仙女。彩虹姑娘不仅十分漂亮，而且特别善良。她不怕触犯威严的天条，人间哪方天旱，她就变成一条彩虹，一头伸进长江汲水，一头则在旱区播雨。百姓们爱戴她，小伙子们想入非非地凝视她，彩虹姑娘不好意思了，脸蛋儿羞得绯红，于是便有了漫天红霞。当久旱的人们喜沐甘露的时候，她则悄无声息地消逝在万里长空，只给人们心头留下一丝恋挂。"

今夜，彩虹仿佛格外多情，战士们热情地凝眸她十来分钟了，而她依旧七彩放光，妙不可言。胖乎乎的排长曹年说："我看啦，彩虹是一座高高的桥，我们登上去，一定会看到美丽的家乡，看到日夜牵挂我们的爹娘。"一个战士接过话茬："还能看到你那个妞儿吧？"人们一阵哄笑，排长也眯眼儿甜甜地笑了。

说话间，彩虹悄悄隐去，天空重又一片墨黑。丝丝细雨中，战士们纷纷走出猫耳洞，脱下汗渍渍的"老山裙"，羞羞答答地接受彩虹姑娘温柔的洗涤。他们觉得，那纤纤雨丝中，仿佛闪着光点，透着馨香……

1988 年 8 月记于麻栗坡

张义话蛇

守卫南疆的某红军团七连战士张义对我说：

南疆有名，可你知道这儿蛇多有名么？

刚上前沿阵地那会儿，好家伙，几乎每个猫耳洞都有梭来梭去的蛇。有毒无毒的、黑的花的、长的粗的、短的细的，哪样没得？有的蛇我们在成都重庆的蛇展馆都没见过呐！

特别是我们防守的阵地，那地方邪啦！地势低洼、草丛密集，气温高达48摄氏度。那个热啊，简直受不了。我们开始把裤裆撕开，变成"老山裙"，可后来还是热得不行，又怕烂裆，没法子，顾不得那许多了，一个个全都脱得一丝不挂，成了新时代的"裸兵"。人如此，蛇呢？蛇们和人一样，也怕热。这可好，都梭进猫耳洞避暑来了，有的猫耳洞壁还有蛇窟，一条条蛇曲里拐弯在洞内游移，大的还有碗口粗的蟒蛇，信子一吐，咝咝作响。我们开始那个怕呀，脊梁骨都麻酥酥的。心想，这鬼地方，一个洞子才三四个兵，蛇比人不知多哪去了。

起初，我们见蛇就打，可干打不见少，甚至越打越多，越打越野。劳动节那天晚上，洞里电话响了，我一抓话筒，妈呀，竟抓到一条横在电话机上的大青蛇，我一声惊叫，吓出了一身冷汗。有一次，我正在猫耳洞里午睡，朦胧中觉得腿上冰凉，怪舒服的。冷丁

一个人的 心
能走多远

感到不对，睁眼一瞧，乖乖，一条花不溜几的蟒蛇正懒洋洋地棱向我的腹部胸部。我不敢动了。听老兵们讲，蛇这玩意儿，人不犯它，它不犯人。我大气不敢喘，瞪眼盼它赶快棱开。可这家伙今天怪得很，停在我胸部便昂首吐信，两眼死死盯住我。我在心里说：老伙计你快走吧，我保证以后对你和你的朋友们好还不成？它在我身上停了很久才慢条斯理棱开，我也又惊又累快上不来气儿了。从此，我们这些"猫耳洞人"只好和蛇们"和平共处"。

炒菜的时候，蛇们全都把头伸出蛇窟口，垂涎欲滴地盯着锅里，瞧那憨样，好气又好笑。我们一挥勺子，吼一声："慌啥，还没炒熟呢！"蛇们便一股脑缩回蛇窟。菜炒好了，我们给每个蛇窟舀上半勺肉菜，蛇们便津津有味地吃开来。每周，我们还要打开几个肉罐头放在蛇窟口，让蛇们改善一下生活。有时候，我们放放音乐，哼段曲子，蛇们还要探出头，张着嘴，好像能听懂似的摇头晃脑，那个装模作样的劲儿，谁见了都会笑出声来。为了防止夜间蛇钻被窝，我们便把毛毯叠好，放到猫耳洞口，蛇们一条条棱上去，盘着身子，举头望外，为我们守卫洞口，成了我们的忠诚卫士。嘿嘿！

话说回来，蛇毕竟是蛇，咬人秉性总是难移的。我们团有个战士被眼镜王蛇咬了，要不是抢救及时，还不早就挨啦？住在猫耳洞，没法子，军人嘛，流血牺牲是本分。你看旁边这副对联：

图名利金银满洞孙子才来
为和平人蛇同居老子不怕

这对联是我们洞子四个憨兵瞎胡诌的，权当表个心意吧！

1988年9月写于麻栗坡

折了叶片的老山兰

——康复所伤兵纪事

上篇

正是老山兰盛开的时节，而南疆战场的硝烟仍然没有消散。一个春日的中午，我们挤上一辆长途公共汽车去重庆市远郊一座军营，采访从云南前线下来休养的一群伤残战士。

春雨霏霏，山雾茫茫。这种天气里，我们的心情抑郁而沉闷。

经过两个小时的旅途劳顿，我们到了位于璧山县来凤镇的这座军营。它的主人们此刻正坚守在老山前线的猫耳洞中，军营显得格外寂寥、冷清。

康复所设在某师地炮团卫生队。我们驻足这座漂亮的四合院门前，一幅幅出自伤兵之手的彩纸标语倏地映入眼帘：

"自强万岁！"

"身残志坚！"

"我们创造未来！"

房檐下，一个面皮白净的小伙子坐在长条椅子上，左侧放着一只拐杖。他的右腿断了，草绿色的裤管空空荡荡。他怀抱吉他，一曲《老山兰》的曲调随着指间流泻，琴声单调，更显哀

一个人的 心
能走多远

婉。弹者用琴声仿佛在向人们低述什么，听者触景生情，不觉泪湿衣襟。

还有几个伤兵，或坐在轮椅上，或拄着双拐单拐，或由人牵引着，长时间地望着院子中间那个姹紫嫣红的花坛，一圈一圈地旋，谁也没说话，只有拐杖敲击地面的"砰砰"声响。

此情此景，使我们极自然地联想到昨天那个彩色而旋转的夜晚。昨天是周末，吃过晚饭，我们早早地便携妻进了一家舞厅。灯光扑朔迷离，曲调舒缓典雅，舞者如醉如痴。我们顿时发出许多感慨：当人们沉浸在无比幸福的时刻，有多少人能想到他们——我亲爱的伤兵兄弟？

我们在康复所吃过晚饭，刚刚安顿下来，还没来得及去看望伤员们，他们却三三两两蹦蹬着找来了。因为我们刚从前线回来，他们要听听前线战友的故事。我们讲老山晨雾，讲阵前打"鬼"，讲相思红豆，讲战区火锅……愉悦的欢笑声充盈着狭小的屋子，快要涨破这有限的空间。我们发现，这个时候，他们仿佛生活在火热的前线，战斗在朝夕相处的战友中间，脸上看不出有丝毫的苦痛和忧烦。

杨光洪来了。人没进屋，歌声先飘了进来："外面的世界真精彩。"那拐杖着地时有节奏的声响，有如为他自己的歌声打着节拍。他才十九岁，本是一名优秀的驾驶员。部队到了前线，他三番五次要求到一线连队经受锻炼，终于来到老山主峰下的某部一连。他战斗勇敢，工作出色，不久便光荣地火线入党。那天晚上，他激动得久久不能入眠，望着山巅那一弯月牙，他觉得心胸无比宽广。可是不久，他在一次执行任务中炸断了右腿。壮志未酬身先残，他再也不能留在阵地，再也不能驾驶他心爱的汽车。负伤住院后，他一直没有告诉家里。每次给家里写信或是家里写信给他，都要经过连队的战友转寄。他说，父母知道我负了伤，会难过的。谁知，在昆明当兵的堂哥回四川南部县探亲，大年初一喝醉后无意中说漏了嘴，全家人沉默了，春节都没过安宁。末了他说："军人在战场上负伤，虽然不幸，但是光荣。我写信告诉妈妈，儿子没有给你们丢脸，应该感到宽慰。"

父母会感到宽慰的。儿子虽然不是英雄，但他们小小年纪毕竟作出了牺牲，已经付出了自己青春的热血和肉体。作为父母，他们自然最理解和疼爱自己的骨肉。某红军团四连战士赵开红，刚参军就上前线。去年"4·28"的晚上，越军疯狂炮击我前沿阵地。赵开红见一名战友被炮弹炸伤，便不顾一切地奔过去抢救战友。恰在这时，又一发罪恶的炮弹飞来，小赵的右下肢被炸伤，如今肌肉全部萎缩，像一节没有水分的干树枝。他的父亲也是一位残疾军人，是 1962 年中印之战致残的。赵开红负伤住院后，他父亲拖着残体从四川赶到昆明探望，父子相对无言，好长时间没有说一句话。小赵忍不住掉泪了，父亲用粗糙的手拭去儿子腮边的泪水，动情地说："我们父子都为祖国负了伤，人们会记得的。你不要难过，父母会加倍地疼爱你。我们最担心的，是你在今后的生活困难面前，能不能挺住。你要鼓起勇气，创造未来，继续为父母争光。"赵开红听了，咬着嘴唇坚定地点点头。当天下午，两代伤兵便相搀相扶，到滇池岸边看浩渺烟波，到春城街头看樱花怒发。

正当他们风华正茂的时候，他们却经历了人生中许多人特别是青年人难于经历的最大不幸，而这种令人遗憾的不幸将伴随他们的终生。在这种令人遗憾的不幸面前，他们都曾痛苦过。为之烦躁，为之落泪，有的甚至想结束自己的生命。应当说，这些现象都是正常的。因为他们最终走出了痛苦的沼泽地，重又把笑意写在了脸上。坐在我们面前轮椅上的张德超，是某团工兵连的六班长。这位湖北丹江口市入伍的老战士，服役期满后要求继续留队，随部队来到了南疆前线。战前，他主动要求从道桥排调到经常与地雷打交道的工兵排。去年 5 月 27 日，老山浓雾萦绕，他配合侦察兵到阵前设伏，率先在草荆丛中开辟通路，不慎踩响了越军埋设的地雷，两条腿立时被齐刷刷地炸断了，他疼得昏了过去。醒来后，他见两个侦察兵一边哭泣，一边为他扎止血带，便安慰道："两位弟兄，我不要紧。任务没完成好，真对不起你们。"

躺在担架上，他不时调头看看熟悉的战友、阵地和山峰。他想，这一下去，就再也没有机会上来了。

在医院住了五天，身体肿得发亮，那个疼啊，就像针扎心包一样。剧烈的伤痛像一只魔鬼的黑色之手，牵引着他的思绪朝着死亡的深渊走去。他的病床临窗，趁病友们熟睡，便用两只有力的手引导着肉团般的身体爬向窗口。他想，从这楼上滚下去，必死无疑，从此就到了极乐世界，再也不会有伤痛的煎熬，再也不会受未来生活的折磨。他闭上了眼睛。

恰在这时，一道闪电带着隆隆雷声炸响在头顶。在他听来，这多像战场上的炮声。他抬眼望去，街灯华丽辉煌，于是想起了猫耳洞中烛光下的战友，想起了本排已经牺牲的四班长和五班长，想起了日夜辛劳的母亲，想起了家乡的小溪和儿时的伙伴。人到此时，他才发现世界原来如此让人留恋，活着将比死去更加美好。于是他又悄无声息地爬回床上，吞下了本该晚饭前就该服下的几颗药粒。

伤员们说，在康复所，数张德超最活跃。可不是吗，讲笑话，他最多、最逗；打扑克搓麻将，他叫声最高，争得最凶。更多时，他则是读书，做笔记，或者侍弄那盆从阵地上带回的"老山兰"。前不久，他听说自己当新兵班长时带过的新兵陈锡权左脚掌被地雷炸断，失去了活着的勇气，拒绝接受治疗，便在灯下写去了一封长达十页的信，用自己的切身感受开导战友，鼓励他扬起生活的风帆。

在康复所，我们强烈地感到，年轻的伤兵们无愧经过战火考验的当代军人，每个伤兵都有男子汉风骨，一个伤兵便是一个强者的形象。21 岁的班长刘昌礼是一个长得极标致的小伙子，那双漂亮的大眼睛好看地扑闪着，闪射出智慧之光。去年 5 月 24 日，他在背水途中踩响地雷，把左腿留在了那座山上。我们请他谈谈感想，他不加思索地蹦出了一串四言八句："当兵打仗，有死有伤，正常现象。俗话常讲，养兵千日，用兵一时。我这点伤，没啥好讲。"话说得平静极了，看他那卷起半截的裤管，我们的双眼却潮乎乎的了。

就是这个刘昌礼，当兵五年还没回过一次家。负伤一年了，家里要到昆明看他，他多次写信劝阻。尽管现在回到了后方，他也不让父母来探望。他有他的想法：我离家时，好好一个人，现在断了一条腿，父母看了要伤心的。等安好假肢后，我再走着回去，好给父母留下一个完整的印象。

他们的身体虽然残了，但他们的思想并不消沉，情绪并不悲哀。面对现实，他们振作精神，生活得十分充实而乐观。如今，驻地几所中小学和康复所建立了联系，伤兵们经常到学校给学生们讲故事，一起联欢。不少人自费报考企业管理、文学创作等函授学习，已经取得一定成效。湖北公安籍战士马玉清自修法律专业，经过全国统考，已经获得四门合格证书。在病房里，我们发现每个伤兵的床头都放有一摞书刊，而他们的书法作品，则挤挤撮撮地摆满了床上地下。

我们想，三五年后将是一种什么景况？他们只要矢志不渝，肯定会出现奇迹的！

面对这群平静而坦然的平凡伤兵，我们不禁想到百里战区最普通的植物老山兰。你看，有的老山兰虽然折了叶片，但依旧迎风怒放，四野飘香。

下篇

"为草当作兰，为木当作松。兰幽香风远，松寒不改容。"在伤兵们的书法作品中，我们读到了唐代诗圣李白的这篇著名诗作。我们为之惊喜，因为这充分展示了他们的胸怀、理想和坚定信念，正是年轻伤兵们的自我写照。

这种"壶玉储冰，掌金擎露"的胸襟，是他们在思想搏斗的阵痛之后分娩的。应当说，从他们负伤那一天起，惶惑和痛苦就开始交织在一起。他们一如常人那样，有血有肉，有思想有感情。伤残了，他们更需要社会爱护和理解，但绝不乞求怜悯和同情。

我们的社会和人民群众挚爱自己的每一个子弟，何况这样一群优秀的贡献了自己血肉的伤兵。他们住院后，从领导、机关干部到连队的战友，每逢节假日或是出差过路，都要前去探望他们，手拉手地摆摆龙门阵，或是帮忙搓洗几件衣服，使他们依然感受到生活在战友中的无限温暖。

有位右小腿截肢的伤兵回到康复所后，他坚守在阵地的部分战友在连长护送下，复员回到了大本营。那天，曾经朝夕相处的战友们来看他，并且争先恐后地背着他回连队看看。他趴在战友的背上抽泣起来，战友情感动得他说不出一句话。

杨光洪至今说起 57 医院女护士长苏田，还热泪盈眶。38 岁的护士长每天帮助他们大小便，喂水喂饭，每星期还要给伤员们亲手擦一次澡，换洗一次衣服，甚至像大姐姐一样，控制伤员们抽烟。一有空，她就出现在病房，耐心做伤员们的思想工作，把一颗慈母般的爱心给予了伤兵们。她常说："你们要随时想到自己是一个健全的人，丝毫没有残废。"许多伤员转院时，泪流满面，依依不舍。杨光洪临回康复所时，托人买了一册精美的影集送她，她说什么也不要，小杨急得哭了。她说："杨光洪，我希望听到你的好消息，那比送我黄金都贵重。"

去年 11 月份，部队党委几次开会，专题研究伤员问题。决定在后方设立一个康复所，把伤员们从各个医院收拢一起，进一步做好善后工作。集团军党委对此十分重视，成立了伤员工作领导小组，先后两次检查接收伤员的准备工作，并送去了大量书刊杂志和一部电视机、放像机，还送了一个台球桌和其他体育器材。12 月 6 日，成都军区派出一架飞机空运伤员，集团军一群将校军官早早便等候在机场，还为每个伤员准备了一件新崭崭的大衣。

令人难以忘怀的，是伤员们乘车通过璧山县城和来凤镇的情景。那天很冷，原定下午五点到达，由于气候条件，飞机推迟起飞。八千群众自发等候在街道两旁，直到夜里 11 点钟。伤员们通过时，鞭炮声、锣鼓声响成一片。一群小学生静静地注视着缓缓通过的车内的伤兵，流着泪举起右手，行着庄严的队礼。一位挂着拐杖的老大娘哭着拉住伤的手，一边轻轻地抚摸伤员们苍白的脸，一边诅咒忘恩负义的"小鬼子"们。

那些天里，集团军的首长、重庆市和璧山县的领导、民政部

一个人的心
能走多远

门的同志和驻地工厂、学校络绎不绝地前来慰问；中国残疾人福利基金会从北京送来了八辆精制的轮椅；璧山县粮食局决定给康复所供应特粉和烟、糖等食品，来凤镇电影院为伤员们设立了专座，免费让伤员看电影；青山机械厂每星期为伤员们免费开放一次浴池，有个星期没去，厂里还特地派车来接伤员们；个体医生汪孝文自费到康复所，用自制的药水天天为伤员们洗创口；百货个体户胡战碧带了几箱罐头到康复所慰问，留她吃饭都不肯；驻地中小学的学生经常利用课余时间前来为伤员们洗衣服……

康复所的工作人员，更是倾注了自己的一片深情。他们带领伤员到市区参观，请荣誉军人和身残志坚的同志前来现身说法，帮伤员上厕所、擦身子……处处体现了战友情深。

特别值得提及的，是重庆市假肢厂的职工们对伤员的一片真情。伤员们回到康复所不几天，假肢厂的领导便带着工人师傅上门服务来了。两名女工经过三小时的汽车颠簸，吐了几次，但一到康复所，就开始测量，打制石膏。一个星期就做好了半成品，再次到康复所给伤员们试样、修整。为了使伤员们能在春节前穿上假肢，工人们加班加点，有的女工甚至把小孩寄放到亲戚家。

当伤员们截肢半年或是一年之后，穿上假肢重新站立起来，激动得走了一圈又一圈。

这一切，给了伤员们以极大的安慰。他们原本早已平复的心理又开始不平静。他们说，当兵负伤，只是尽了一个公民的义务，人民如此厚爱，真叫人寝食不安。

他们为此竟至寝食不安，足见他们"怀抱清如湖水凉"的胸怀。而真正令他们寝食不安的事情还多着呢！

那个全身多处被炮弹炸伤的班长李碧辉，女朋友多次反复，后来听说国家要给伤员安排工作，她幻想，同他结婚，不就可以跳出农门进城吗？于是主动提出办了结婚手续。李碧辉和他的父母还着实高兴了一阵子，可一提出举行婚礼，人家的条件便摊牌了，比如要把女方户口迁进城啦，要买一套时兴的组合家具啦，要给多少钱啦，等等。李碧辉沉默了，父母起先的那股欢实劲也没了。

副班长宋学忠是云南临沧中等茶叶技术学校毕业的中专生，已在凤庆茶厂工作。拿了四个月工资后，他突然报名参军，父母不同意，领导不允许，同校毕业的女朋友更反对。但他主意已定，最终还是到了部队，到了前线。去年9月26日下午，他在执行任务时被地雷炸断右腿。硝烟散后，当他看到断腿创口处白沙沙地瘆人，只说了句"我还有父母呵！"便昏了过去。

负伤后，他一直没让父母知道，却意味深长地给女朋友写了信。他在如实讲了伤情后写道："你若愿来看看我，我感激、欢迎，不来看，我绝不怪罪你。"其实，他内心深处多想此刻见到她啊！半月后，他收到她的来信，打开一看，只一句话："我们分手吧！"

当晚，他流泪了，他说是在病房熄灯以后。至今，他不知道那天晚上是怎么过来的。

刘昌礼也处在失恋的痛苦中。但他对我们说："吹了也好，反倒利落，何苦让人家姑娘跟咱过艰难日子呢？"

被地雷炸断左脚掌的李明阳，春节时穿上假肢回家探亲，对象介绍了一个又一个，可人家一听说是个伤兵，扭头便走了。他说："我再也不想找对象了，干脆打一辈子光棍。人家外国人不是时兴王老五么，格老子也超前超前。"而他说这话时，我们发现他的心情是很沉重的。

当然，有吹灯的，也有爱得很深的。某团工兵排长唐道华负

一个人的心
能走多远

伤后，他家乡渠县一位毕业于师范学校的小学教师主动来到前线护理他，并与他结成伉俪。唐道华的老乡，某红军团九连排长任广川左小腿截肢后，在银行工作的女朋友和他"拜拜"了，而在达县市铁路部门工作的一个俊模俊样的姑娘，却在春暖花开的时节笑吟吟地来到他的身边，并已同他结婚。

除此以外，他们还有许多忧愁。有个从川北入伍的战士，家虽在城镇，但一家七口没有一人工作，父母成年累月地在街头卖冰棍，拣废纸，生活极度困难。他负伤后，父母忧心如焚，想来看望他，却没钱买车票。县里今年照顾他家，给他哥哥安排了一个合同工，却分到了一家亏本的小企业，几个月没拿过一回工资。尽管这样，他也十分感激地方政府的关心，但他不愿我们透露他的姓名。他说："我伤好回去后，能不能安排一个好点的工作，实在没有把握。"

在伤兵中间，也有几个并不在乎今后的工作。刘昌礼自己到县里联系过，有关部门告诉他，农转非可以，但县里安排什么工作你都得去，发不发得起工资我们保证不了。要不就在农村，不转户口，不安工作，给你发一张个体执照。小刘细想想，当个体户也可以，说不定啦，做生意还会发家呢！

从开县城关镇入伍的刘长勇更干脆，春节穿上假肢跑到万县市假肢厂，找领导问人家要不要他。他说，我们残疾人来研究假肢，有好处。人家对他讲，假肢厂只有80来人，又没啥福利待遇。他说只要你们收我，我不在乎其他的。

侦察兵郝继红则用残废金买了许多书籍，并报考了大学法律函授。他准备以后做一个律师。

当有的地方青年讥讽、讪笑他们时，他们既忧自己，更多的则是忧对方，忧整个社会风气；当他们听说某文艺团体来康复所慰问演出前还在和作为邀请单位的民政部门为百十块钱的出场费讨价还价时，他们也忧。尽管人家歌声那么甜，舞姿那么美，伤兵们也觉得索然无味，有的甚至拄着拐杖回到了病房……

这就是今天我们的一群伤兵兄弟！该怎么评价他们呢？不可否认，他们是一群哀兵，但他们更是一群顶天立地的战士。哀兵必胜，这是古训。我们坚信，他们就是一株株不起眼的老山兰，虽然断了叶片，但依然生命顽强，依然散发幽香。我们同样坚信，他们必将在人生道路上坚定地走下去，一串串奋斗的足音会在我们耳旁回响。

1989 年 6 月写于来凤镇

一个人的 心
能走多远

黑豹三号行动

战争分娩了一个婴儿——侦察兵。

战争使它成为人世间最为冒险、牺牲最大的一种特殊职业。

他们的生命一如常人那样，属于父母、属于妻子、属于襁褓中的骨肉。而当豺狼把战争强加在他们头上的时候，侦察兵的生命便属于了祖国、属于了胜利、属于了义无反顾的牺牲！

——题记

第一章　躁动

第一节　批准"黑豹"三号行动

巍巍南疆春色正艳，一片黛绿。

滔滔盘龙江春汛早至，浊浪翻卷。

在黛色和涛声掩护下，一支胜利之师完成防御轮战任务，又一支英雄之师接替上来，日夜守护着祖国的美丽河山。

谁能想象得到，对面的敌人可是我们当年倾其所有以命相助的兄弟啊，如今竟然翻脸不认人，胆敢向他曾经视为养父养母的恩人龇牙咧嘴，拳脚相向。

对面的炮又响了，罪恶的炮弹一发一发地落在了我方阵地上。

×号通报：5、6、7三个月，敌对我阵地实施偷袭多达109次，有时一天竟达17次；

×号通报：6月11日，敌对我某团三机连阵地实施偷袭，副班长罗昆光荣献身；

×号通报：6月22日，敌对我某团前沿阵地实施偷袭，战士张治斌壮烈牺牲；

×号通报：7月17日，敌特工深入我境内，击伤我军工战士卓忠林；

×号通报：8月3日，敌军一个加强特工班在炮火掩护下，渗入我境袭扰并伺机抓俘；

×号通报：8月17日，敌特工埋伏在我×号地区，被我村妇刘学芬发现，刘当即被敌杀害。

……

触目惊心！

面对敌人"偷鸡摸狗"式的战法，指战员们无不义愤填膺，决定以其人之道，还治其人之身，进一步了解当面之敌的情况，掌握作战主动权，狠狠教训一下胆大妄为的小崽子们。

一线部队的勇士们日夜忙碌开了。英雄的炮兵们同样忙碌开了。

侦察兵呢？当然不甘寂寞。每每见到首长，他们总要请求："让我们正儿八经地做一回事情吧！"首长们一合计：行啊，让侦察科先搞一个方案吧！第二天一早，一个代号为"黑豹三号行动"的侦察作战方案便急眉急眼地躺在指挥员的案头，将由所属侦察连完成的三项任务让人过目难忘：

1. 秘密进入敌7号地区，查清该地区敌情；

一个人的
能走多远

2. 引导我炮兵摧毁发现的敌目标；

3. 审时度势，设伏抓俘。

部队首长批示：同意此方案。

前指首长批示：同意此方案。

部队长陈庆云、政治委员段树春嘱咐参谋长夏国富："伙计，任务艰巨，时间紧迫，要认真做好各种准备。"

前指张太恒副司令员发出电话指示："抓好战前模拟训练，是一项必不可少的重要工作。"

至此，"黑豹"诞生了。

第二节　谁去谁不去让首长定

虽然只有个把礼拜的战前准备，但人们有些沉不住气了。每个人的胸腔中，仿佛都有一股焦躁不安的血浆在涌流。

一待训练间隙，战士们便把连队干部团团围住，争先恐后地陈述自己的理由，要求参加突击队。一到私下里，他们就"八仙过海，各显神通"了。四班长蒋兴平瞅副连长房内没人，兔子般跃进去："你是我们南充老乡，这回靠你给说说话了，我不会给南充人丢脸的。"听听，三句话两南充，听了不能不让你感觉蛮舒服。二班那个在 6 月 25 日猫耳洞塌方差点丢了性命的肖平，正在连长宿舍翻着人家心爱的影集，他摸了摸塌方时在脸上留下的疤痕，红着脸说："连长，你这儿子真胖，真乖，真像你，嫂子好漂亮、好贤惠、好高的个子。"吴连长知道这个来自鬼城鬼精的小伙子鬼葫芦里卖啥药，并没搭理他。鬼小子以为把连长心里夸开了花，赶紧打入正题："连长，让我参加突击队吧，其他干部我都说通了，现在只差你一句话，你的话可是一句顶万句哟！"连长调过头来，故意虎着脸说："少跟我耍鬼聪明，赶紧去练功夫吧！"

有的战士嘴皮子功夫差，只好来实的，把原来打算带给家里的香烟打开来，不管它值多少钱，不管自己会不会抽烟，总在兜里揣上一包，见了干部就笑嘻嘻地递上一支，末了最多一句话："这烟我还有。"有的更干脆，找上级首长和机关的同志请求，希望他们给连队干部"施加压力"。还有的瞪眼把指头一咬，写下一篇让人动心动容的血书，管它三七二十一，呈到你干部面前，先让你知道咱的决心，让不让去你就看着办吧！

其实，连队干部并不比战士们心里平静。他们那个急啊，就连蹲在厕所里都在想怎样才能参加突击队的招数。眼看剩下没几天时间了，他们更是急得不行。于是乎赶紧催着开会把参加突击队的干部确定下来。8月10日，侦察科副科长李平用电话通知侦察连长吴晓弟。上级已批准"黑豹三号行动"，连队要对哪些同志参加突击队提出预案。同时透露：首长有意从其他侦察分队抽调三名具有丰富经验的干部加强突击队，很快将到连队报到。当晚，指导员李庭富、副连长高金虎、副指导员李汉华和往常一样，又聚在连长屋内讨吃讨喝。他们发现连长好像心事很重，不敢再像过去那样放肆了。连长是老兵，人家当副连长那会儿，他们还是他手下的一个小班长。偶然间，高金虎看到连长抄下的电话记录，慌忙给李庭富和李汉华看了，然后沉着脸对吴晓弟说："不管怎样，我要到捕俘组。1984年侦察作战我们就在一起，我这个人怎么样你知道。有你在，我们放心，但有我在绝对给你当个好帮手。遇到敌人，我会第一个扑上去。"

第三天，侦察科长山达和副科长李平、参谋冯军到连队列席支委会，研究方案，落实人员。李平郑重宣布：

"黑豹三号行动"干部分工是：

连长吴晓弟任突击队长；

一个人的心
能走多远

副连长高金虎任突击队副队长兼第一捕俘组长；

四排长李崇光任第二捕俘组长；

三排长周歧帮任火力组组长；

副指导员李汉华任接应一组组长；

指导员李庭富任接应二组组长。

宣布完毕，支委会炸开了锅。没去上捕俘组，心里自然不痛快。这个说，我参加过侦察作战，有经验。那个说，正因为我没参加过侦察作战，才更需要给一次锻炼机会。四排长李崇光说，"我没结婚，连对象都没找，光根一条，我啥也不怕。"三排长周歧帮对李崇光说，"没有女人的人生是个缺憾，伙计，本人有儿子，那是接班人哪！还是我去吧！"

吃晚饭了，会还没开完，吃过饭接着开，可几个干部依旧对干部分工相持不下。侦察科的同志太了解他们了，只好说："这样吧，我们回去汇个报，谁去谁不去让首长定。"没曾想第二天一早就打来电话：

经请示首长，仍照原定方案执行。

第三节　你的胎盘埋在祖国

8月19日上午，侦察连的出征动员大会如期举行。对于战士们来说，这可是个蛮不错的日子。

段政委和夏参谋长还有机关的干部战旗文工团的演员，坐了三部车跑了几十里九曲羊肠的山路来到连队来到战士中间，拉着他们的手，拍着他们的肩给他们烟抽，和他们叙家常，动员会开得热腾腾，暖融融。

1984年的侦察作战，由当时的侦察处长夏国富任侦察大队队长，宣传处长段树春任大队政委，如今二人又一起回到侦察兵中间，他们自然都很高兴。

轮到段政委讲话了，人们手板拍得山响，拍得手发红，拍得有节奏。段政委起身站着笑着，他打心眼里喜欢自己这些过去的部下现在的部下，他自己说是同生死的战友，他了解他们熟悉他们，连不少班长甚至老兵的名字都能叫出。他就那样站了足足一分钟，深情的眼光扫过每一张熟悉的陌生的脸庞。侦察兵们太熟悉老政委的这种眼光了。手板拍着拍着，不知啥时候眼眶里噙上了泪珠。

段政委讲话了，场内鸦雀无声。

"今天，我和参谋长到咱们侦察连，既是参加出征动员大会，也是给大家送行。

"出境侦察作战，有如虎穴寻踪，任务艰巨危险，会出现许多意想不到的情况。不论怎样，你们要记住，你的胎盘埋在祖国！"

话讲完了好一会儿，战士们才拍起激越的掌声。泪珠滚过脸颊，掉到手心，拍碎了一颗，又一颗。

第二章　苦征

第四节　他一拳砸在腿上

当侦察参谋冯军和配属侦察连的工兵连副连长蒲体超率领障碍排除组出发后，"黑豹三号行动"便秘密地拉开了紫绒帷幕。

黑豹突击队按照第一捕俘组、指挥组、第二捕俘组、火力组、第一接应组、第二接应组、第三接应组的顺序，从8月21日渐次出发。夏参谋长率侦察科、通信科、炮兵指挥部的同志在国境线上开设了指挥所。

几天来，突击队进展顺利，已经接近敌人阵地前沿。初步侦

一个人的心
　　能走多远

察发现，一直没被我重视的×号地区，还有敌人的通信枢纽，鱼儿大着呢！

为了接近敌人经常来往的通路，便于更加抵进观察、抓俘，突击队长命令火力组作好掩护，障碍排除组迅速开辟通道，捕俘组前出潜伏，接应组相机往前运动。布置停当，周歧帮带一挺机枪随高金虎掩护工兵开路，蒲体超带障碍排除组在河沟北侧一步一步秘密开辟通道，艰难地向敌人阵地前沿接近。

万万没有想到，28 日上午 10 点 40 分，当他们进到离敌 60 米处，刚刚排除第二颗地雷，就被越军的阵前暗哨发现了。敌人一声枪响，打破了山谷的宁静，也打破了突击队员们几天来日夜辛勤而美好的向往。

他们一拳砸在腿上，几乎都是一句话："唉，真可惜！"

敌人正利用茂密植被的掩护，通过隐蔽射孔向我猛烈射击，连打带吼，一片怪叫声。吴晓弟迅速组织火力压制，奋力还击敌人。遗憾的是，我突击队员大多用的微声手枪和微声冲锋枪，从声势上很难震慑敌人。尽管如此，队员们毫无惧色。激战中，我毙敌九名。张云清在还击敌人时被击中腹部，栽倒在河沟旁，高金虎前去抢救，也不幸中弹身负重伤，邓长清上前抢救伤员，又被敌人子弹打中大臂，血流如注。通信员孙云见状，气得眼睛发红，他冲着两个电台兵吼了一句："你们一步也不要离开连长"，便冲入河中抢救伤员。

战斗十分残酷、激烈，敌人三个暗火力点成交叉状封锁河谷，形势对我极端不利。危急时刻，吴晓弟迅速调整部署，命令李汉华、周歧帮从不同方向火力压制敌人，李崇光带人下到河谷抢救伤员。李崇光率突击队员蒋兴平首先冲到高金虎身旁，一下背起比他高半头的副连长，孙云和相继赶来的陈强仁、王光伟抬起张云清，迅速沿河沟撤退。负伤的战友刚被抢救下来，敌人便集中火力封锁河沟，同时出兵追打，企图断我退路。

吴晓弟不敢恋战，一边组织撤退，命令蒲体超埋设地雷，以期阻滞敌人追兵，一边呼唤炮火，炮弹在敌我之间筑起一道火网，使我突击队在10分钟内便撤离了敌人伏击区。

第五节　虎子正年轻

他趴在战友们背上，早已昏迷不醒。生命只剩最后一点游丝，人生之烛即将流尽最后一滴红泪。人们驮着他艰难而又焦急地跋涉在回撤路上，血水汗水浸透了迷彩服。

"虎子。"人们习惯这样叫他。

今年26岁的高金虎，穿上军装以来一直干的侦察兵。1984年部队组织侦察作战，他提前两个月从学校毕业，跟随连队到了云南前线。每次渗透作战，他都在突击队，表现相当机智勇敢，荣立了三等功。

高金虎是所在部队小有名气的美男子。部队每次阅兵式，他和副指导员李汉华都要被指名充当护旗兵。他还差点成了一位副总参谋长的警卫参谋。谁知这样的男子汉找对象还时常犯愁，先后谈了几个都吹了灯。原因大致有二，一是侦察兵是个冒险的职业，姑娘们可不愿过提心吊胆的日子；二是他家在西充农村，又是长子，不抽烟不喝酒，攒点钱就得往家寄，寒碜不说，"聪明"的女娃子害怕以后拖累不起。

去年初和南充罐头厂的春兰姑娘相识了，部队赴滇作战之前，春兰来到连队同他商量结婚。高金虎说："不急，不急，等打完仗回来，我们在部队热热闹闹地办。"私下里却对连长讲："出去作战，不是旅游，眼下吉凶未卜，不能害了人家姑娘。"

8月28日下午4点10分，高金虎那颗年轻的心脏永远停止了跳动。撤回营地后，从大本营赶来连队的政治部蒋治郁副主任和直工科长孙占山发现烈士死不瞑目，仿佛在为自己未尽风流而深深遗憾。一封春兰姑娘寄来的情书和包裹，静静地躺在指导员宿舍的案头，高金虎再也不能看上一眼了。

第三天，当我们特意到高金虎住过的屋子凭吊时，发现他那简陋的纸板房如此整洁，一只不大的猫咪趴在叠得整整齐齐的铺盖上，发出一声紧似一声的低低哀鸣，眼角仿佛还挂着泪珠。桌子上，一盒速效感冒胶囊还剩两颗，那本《自豪的军人之路》翻开在53页，上面有段话，正是高金虎的写照："军人追求自己的风流，但也为后方青年充满幸福的青春风流而祝福。正是为了使他们有幸福的风流，军人才视死如归，粉身御寇，正是为了使人民的生活甜蜜，军人才披荆斩棘，血写风流。"

第六节　代我写封信给她

上面站着十多个荷枪实弹的越军。不好，行动被敌发现，随捕俘组一起行动的张云清先敌开火，一越军惨叫着栽倒在地。马上，左边的越军一排子弹扫来，张云清腹部被打穿。

我火力立即猛烈地压制敌人，射击我捕俘组的敌人火力被迫转移。张云清右手捂着流血不止的腹部，左手死死地攥着一团茅草，头上黄豆大的汗珠直往下滚。王光伟、邓长清抢救他时，他的左臂又被子弹打断，只剩一点皮连着。疼痛使他扭曲了面孔，但他没有哼一声。他知道：与敌近在咫尺，只要呻吟一声，就会遭敌猛烈的射击，我捕俘组势必受到重创，他以惊人的毅力忍着长这么大从没有过的痛苦。

山高路滑，抬送伤员异常艰难。张云清在战友的背上断续地说："我不行了，你们撤吧！我留下掩护……"

张云清由于失血过多，已经不行了。他嘴唇翕动着，蒋兴平迅速将头伸过去，听到了张云清微弱的语丝："请……给我的……启蒙老师印……红……霞……写封信，告诉……她，我……没给她丢……脸……"

张云清去得那样从容。出发前，他借钱给父亲买了两条烟，留下了一张详细的 55 元的欠账单；他曾被人怂恿偷摘过江津园艺站的 10 斤广柑，但在他忏悔的日记里却夹着寄给园艺站 11 块钱的汇款存根，他说，那是他平生犯的最大一个错误。

出征前夜，这个吉林作家进修学院文学创作函授中心的学员，就着烛光完成了诗作《他的梦》，并注明投寄《南疆战报》。可惜诗稿未及寄出就已作古。

诗很朴实，朴实得就像他那 1 米 62 的个子一样没有更多显眼之处。但这毕竟是他自身的经历呵！只有了解他的人，才知道它厚重的内涵。

张云清正是多梦的年龄，他要活着，那美好的梦终究会变为现实。呜呼，他去了！他用 21 岁的生命，写下了一部撼天动地的诗篇！

第三章　找寻

第七节　战友你在哪里

当我向敌 7 号地区猛烈炮击的时候，我突击队尖兵谢小波、陈凤柏为掩护其他战友后撤而被炮火阻隔，与本队失散了。

又一个意外而骇人的情况！

吴晓弟铁青着脸，半天没有说出一句话来。他心里盘算着：可能负了轻伤，被敌火力压制难于撤出，也可能负了重伤或者已经……不论怎样，都要全力把他们抢回来。可是，突击队两次组

一个人的心
能走多远

织兵力前出寻找，都被敌人火力拦阻，未能奏效。傍晚时分，突击队部分队员又利用浓雾掩护，秘密进至沟谷沿岸寻找，也没有两名失散人员的点滴音讯。

两名队员失散的消息很快传到了大本营，传到了军区前指。将校们立即作出决定，重新调集力量，再闯虎穴，不惜一切找回失散人员，决不能吃亏丢脸。

同前三次一样，这次前出寻找仍然没有丝毫音讯。

人们在心中呼唤：战友呵，你们在哪里？

第八节　斡旋在敌人阵地

陈凤柏受伤后，开始并没感觉很疼，只是觉得走路有些摇晃。他在浓雾中沿着 S 形路线越过河沟，却不知道自己已经撤到南岸，深入到了敌人阵中。

这一带茅草茂密，陈凤柏搜索了一阵，没发现突击队踪影。此时，被我炮火轰击过的敌阵地一片死寂，陈凤柏突然焦躁起来。突击队不在，可是谢小波呢？陈凤柏重新梭下河沟，在谢小波受伤的地方附近仔细搜索了一番，仍未发现谢小波的踪影，只好沿来路返回密林深处。

不知走了多久，陈凤柏已经精疲力竭。躺了一会儿，他又觉得特别口渴，可四周除了半人高的茅草，没有一滴水。挂包在过河时灌进了不少水，河水本来就很浑浊，加上挂包里放的常用药泡烂了，更加浑浊不堪，他顾不得那么多了，捏紧鼻子喝吧！

晚上 9 点多钟，陈凤柏在一条小路上慢慢往前搜索。突然，浓雾中走来两名敌军，距他不足 10 米，他一愣，瞬即闪电般出枪，并用四川话喊道："龟儿子，不准动！"这炸雷般的吼声使两个吓蒙了的敌军掉头就跑。陈凤柏一扣扳机，不响，低头一看，弹匣不知啥时在爬行中丢失了。他敏捷地跃到路旁的草丛中，迅速换上弹匣，可两名越军已经钻入浓雾中了。陈凤柏遗憾地摇了摇头，继续朝着山上爬去。

突然间，一道特别亮的光划破浓雾，接着传来隆隆雷声，最后一声霹雳，仿佛就在头顶炸响。陈凤柏打了个寒战。要下雨了，他心里一阵高兴。下雨雾就要散了，就可以判明方位了。可当雨水滴在伤口上时，他疼得圆嘟嘟的脸都变了形。活着也很艰难。疲劳、伤痛、饥饿、寒冷，还有不时袭上心头的丝丝恐怖，使得陈凤柏一下晕了过去。恍惚间，整个天地仿佛盈满段树春政委有力的声音："陈凤柏，你的胎盘埋在祖国……你的胎盘埋在祖国……"

雨停了，雾散了。他醒过来一看，哎呀，这不是越军的重要支撑点C阵地吗？陈凤柏堆过沙盘，对这一带的地形了如指掌。

陈凤柏将小路重新搜索一遍，顺着山沟往下走。刚下过雨，路很滑，他只有用身子压草丛，一节一节往下梭。他下定决心：即便死去，也要死在祖国母亲的怀抱里。

29日8时30分，一步三歇气的陈凤柏与李汉华率领的搜寻小组相遇，生死与共的战友紧紧拥抱，泪洒肩头……

第九节　悬起的心落下来

谢小波还没回来。他爬累了，这会儿正躺在草丛中小憩。

昨天和敌人"不预期遭遇"时，他们第一接应组迅速据枪还击，掩护其他突击队员撤离后，他们才发现三个人都负了伤，并被敌人火力压制已不能及时撤出。谢小波赶紧和陈凤柏商量："情况危急，我们三人快分三个方向撤退吧。"

谢小波躲在河岸的隐蔽处，三下两下包扎好伤口，借着浓雾掩护，猫身跃上河岸，一头钻进了丛林。疾行200米后，看到眼前一条路，他便趴在地上仔细分析上面的鞋印。一看，脚掌部分的纹路是竖的，后跟有很深的齿。这种胶鞋敌军才有。他此刻才察觉走错了方向，已经误入敌阵。

山间的雾还是那么浓。大本营的陈庆云师长、段树春政委心头的浓雾也越聚越浓了。据参谋长夏国富报告，已经失散 30 小时的谢小波，至今还没一点讯息。

陈庆云身披一件军大衣，从突击队与敌遭遇后一直昼夜坐在侦察科的电话机旁，没睡一分钟，没吃一口饭。沈阳军区来前线见习的郑相臣副师长明早就要离开前线了，今晚还主动要求到作战室值最后一班。凌晨三点半，他来到侦察科，见陈庆云的双眼布满血丝，坐在那儿一支烟接一支烟地抽，又见段树春屋里也仍旧灯火通明，过一阵便跑来问一次情况，他心里很不是个滋味。他对陈庆云说："老陈呀，你去睡一会儿吧，这儿我来盯着。"

"睡不着哟，老郑，你去休息吧，别都在这儿挺啦！"

"丁零零"，电话响了。他一把抓过来："是我，快说。"

"我现在正做准备，半小时后亲自带人前出寻找谢小波，请你和政委批准我的请求。"

"夏国富同志，我郑重地告诉你，你是此次行动的最高指挥员，你要离开指挥所半步，就是违反战场纪律，相信你知道该怎么做。"

夏国富也急呀，这些天来，他在猫耳洞一样的指挥所里，没有好好地睡过一次，两名突击队员失踪后，他的双眼几乎一眨没眨。

雨还在下，夜空一片迷蒙。谢小波躺在草丛中，多想看看北斗星，借此想想祖国，想想妈妈，想想战友，可惜什么也看不清楚。他运用平时学过的地形学知识，在沟谷纵横的山林中判断好方向，然后拖着负伤的身体，向我方阵地艰难地爬行。他饥渴交加，早已力不能支。随身携带的 250 克急救水喝完了，只好舔草叶上的露珠。为了充饥，他扯一把野菜填进肚子。衣服被荆棘撕成了布条，手上、脸上、腿上到处是一条条血痕，加上枪伤被雨水一浇，钻心般疼。谢小波全然不顾，曾几次昏过去，醒来又以惊人的毅力向着祖国爬行。

他知道战友们一定很焦急，便冒险朝空中放了三枪。指挥所听到枪声后，判断他还活着，赶紧打了三发信号弹。谢小波见了，心中涌起阵阵暖流和一股无穷的力量。8月30日下午两点钟，失散50小时的谢小波终于爬回祖国阵地。

他在战友怀中痛痛快快哭了一场。

听说谢小波已经回来，陈庆云倒头便睡着了，段树春马上打电话，亲自为谢小波联系医院。

尾声

边关今夜的月色格外明媚。幽幽凉风吹来，给人们平添了几多清爽。侦察兵们回营第二天，各级首长纷纷赶来看望慰问。军区前指张太恒中将动情地说："此次侦察作战时间之长、战士生活之艰苦，是南疆战场所没有过的，你们遭遇的敌人，也是一个侦察连，算是硬碰硬，但这次作战是成功的，很好地完成了任务，同志们辛苦了！"

9月7日，我炮兵对突击队发现的目标进行毁灭性打击，再次取得了辉煌战果。

随着最后一炮在敌阵地炸响，"黑豹三号行动"骤然拉上了帷幕。

"生那是自然付给人类去雕琢的宝石。"这是哲人说过的话，可供人们都思考。

1989年9月写于麻栗坡

夜话风流

1989年10月30日。南疆。

某部奉中央军委命令，最后一批撤离苦斗两年的战场。

百里战区，峰峦叠嶂，往日震天动地的枪炮声，此刻只在人们的记忆中响起。山脚下狭窄的公路上，一辆辆洗去满是泥土的战车，载着喜悦和渴望，宛如一条傲腾北上的长龙。车上彩旗飘舞，车前和车厢两侧无一不挂着"人民是靠山""胜利属于人民"等红色标语。

参战两年，他们完成了防御作战任务，今天班师凯旋了。穿制服的和不穿制服的人难舍两年中建立起来的情分，分别在车上车下抹着眼泪，分别在心底说："想你百年千年！"

几天来，南疆地区时断时续地下起蒙蒙细雨，不知是为征战的勇士们浇洗征衣，还是为他们掩饰离别时挂在腮边的欢乐的抑或是难舍的泪花？

1989年11月4日。江津。

经过五天的路程，军列长啸着，抵达聂荣臻元帅的故乡——部队驻地江津站。

月台上早已沸腾，欢声雷动。长江两岸，十里长街，数万群众涌出家门。鼓乐齐鸣，爆竹喧天，礼花纷飞，官兵们的队伍走过来，无一不兴奋地沉浸在"迎头花雨洒空前，人民英雄万斯年"的感慨之中。

晚上，又是一场淅淅沥沥的小雨。征战复归的儿郎睡在早被江津人民揩擦得窗明几净的营房里，听着窗外秋雨打在竹林和芭蕉叶子上的唰唰声响，快活地舒展着两年来蹲猫耳洞未曾快活地舒展过的身子。这些尚无家室的单身官兵，带着感激的心情翻过身去，进入了幸福的梦乡。

而在随军家属院里，则是另一番光景。这是一个流溢着前后方各种或轻松或悲壮故事的晚上。政治部刘干事拥着娇妻，想想5天前还在南疆前线，心头就想些总也想不完的心事，怎么也睡不着。刚才，他把箱啊包啊拾掇好，妻已拧开那簇新的"三峡牌"热水器，让他痛痛快快洗个澡。妻说："这是县里照顾我们参战军人家属的，不用单独申请计划，不收安装费。有这玩意儿真方便呐！咱们儿子8岁了，你在家时，可以把他带到街上的浴室去，可你走了，我总不能带他一块去浴室吧！"老刘洗毕，蹬蹬跑进卧室，一头扎进温热的被窝，侧身点燃一支香烟，目光专注地盯着妻那俊俏的脸庞和儿子沉睡的憨样。妻没瘦，一如两年前那般风采，楚楚动人。此时，他的心头涌过一股热浪，右手扳过妻那浑圆的肩头，让她发烫的脸伏在自己胸上。儿子早已熟睡，胖嘟嘟的脸抽动两下，重又翻过身去了。老刘一边悠悠乎乎地品着个中滋味，一边听妻轻言细语的絮叨："县里待我们好啊！我在医院原来要值夜班，你们一走，我就只上白班了。儿子上幼儿园也免费，上小学时任我们自己挑学校，结果军人的娃儿都进了县上唯一的重点小学。说你不信，有时我想，这不比你在家时还轻快吗？心头一高兴，就直想哼它一段四川清音。儿子说，妈，你唱歌还好听呢！我录下来，寄给爸爸要得不？结果人家县

一个人的心
能走多远

里早想到了，第二天扛上摄像机、录音机来挨家录音录像，说是要寄给你们，给前线送些精神食粮。对了，你看了我的录像咋想?""都说你是最乖的一个!""哎呀你个坏蛋，尽乱说。"妻嗔怪地掐了他一把，老刘就势胳肢妻的腋窝，妻难受而欢快地扭曲着，边笑边告饶，他也抑着嗓子呵呵地笑出了声。

王先权

闹够了，笑够了，老刘复又显得严肃而平静。他望着天花板，吐出最后一缕烟雾，沉思片刻道:"我们反正睡不着，我给你讲讲王先权的故事，好吗?"妻抬起身子望望他，也敛住笑脸，庄重地点了点头。

"这个人你认得他。他就住在我们楼上。他本应今天回来，也该像我一样过一个幸福的晚上。他才33岁，是一个年轻有为的保卫科长，可他……却再也回不来了。那天我们走时，心头好不是滋味。我们凯旋了，马上同亲人重逢了，政治部百十号人唯他永留老山，找个说话的人都没有呵! 边地月寒，他孤单哪!

"刚到战区不久，他就跑遍了百里战区的村村寨寨，了解社情民情敌情，很快向部队党委提交了调查报告，掌握了工作的主动权。1988年夏天的一个早上，老山下起了罕见的大雨，王先权头天晚上工作到凌晨，躺在床上眯了一觉，醒来已是9点。他一骨碌爬起来，揉揉惺忪的眼睛，想起今天要去20里开外的牛滚塘村核实几个情况。吃过早饭，他感到身体很不舒服，加上公路塌方，车难通行。可他顾不得这些，也不听人们再三劝阻，撑上一把雨伞，挂一根竹拐杖便上路了。翻山越岭、跨涧过沟走了20里山路，他记不清摔了多少跤，衣服早已湿了个透，满身都是黄乎乎的泥巴。边民们听说他在部队上是个团级干部，心里便陡然生出些敬慕和感动：啧啧，团级干部，那不跟县长一样大么！他咋不坐小车？他咋一个人出来？怪不得他年轻轻就做大官儿哪，原来这样拼命干呢！比我们种地松活不到哪去。

"战区点多线长，社情复杂，不论军队还是地方，大大小小各种情况时有发生，每到这时，他总要亲自出马，尽力完成任务。有一次，驻扎前线的某连一支手枪被盗，王先权连夜出发，赶到出事地点和地方公安人员一起谈话、取证、搜查，整整三天没合眼。找到手枪后，他一头扑到炮弹箱上便睡着了，战友们不忍心叫醒他，扯过一张军毯轻轻地盖在他的身上。人们哪里知道，这些天，他常感到头昏、胸闷，手总是捂着胸口，是靠药物支撑着工作。而他自己也不知道，死神正狞笑着朝他走来，生命之弦随时可能在一个早晨绷断，甚至不会发出一丝低低的颤音。

"中秋节那天晚上，南疆的月亮又圆又亮，碧空很高很阔，山野很清很静。前线很难碰到这样的好天气，大家纷纷搬出桌子椅子，摆上江津县刚送来的天府花生、金钩火腿月饼，我又将剩下的半瓶'西凤'拿出来，一边赏月，一边有滋有味地吃着喝着。不一会儿，王先权也来了，我邀他一块儿喝两盅，他说喝这酒没劲儿，他那里还有一瓶建军节时江津送来的'老白干'。说完跑回去取来，给每人斟了一杯。我们那天喝得都很文静，没有往常那种吆五喝六的吼叫和一醉方休的豪情。本来，再过一个多月就要回撤了，但在此时此刻，我们想念亲人的渴望反倒比过去更加迫切。一杯酒喝完，他起身告辞，说是要赶写一篇关于部队回撤后如何加强安全工作的文稿。他说，江津人民对部队这么好，回内地后可别犯事儿，让人家感到失望。

"谁知第二天清早，他那潜伏已久的恶疾便突然迸发，被送

一个人的心
能走多远

进了离机关百米之遥的战地医院。病危、抢救，他仍然浑身抽搐，牙关紧闭，人们的心悬到了嗓子眼上。他住院的第三天，雨好急好大，雾好厚好浓。我们想，这鬼天气，多半要坏事的。果然，先权在半夜里终于撇下他日夜牵挂的妻儿和年届七旬的父母还有他钟爱的事业，什么话都没来得及留下便独自去了。"

讲到这儿，老刘哽咽了。妻也早是泪珠涟涟。那晚上，他们都没睡意，各人都在想着心事，眼睁睁挨到了黎明。

老刘夫妻喁喁聊天的当儿，在长江边那片黑森森的竹林里，一对热恋着的青年不顾细雨霏霏，正在伞下相互倾吐着悄悄恋情。小伙儿是中尉排长小何，家住江津县城，姑娘是银行职员燕子，中专毕业分来的学生。小何也是今天刚从战区回来，姑娘找到小何家，两人虽是初次见面，但却一见如故。家人太多，屋子显窄，小何便怀揣一支竹笛，带着姑娘钻进这竹林来了。说起他俩搞对象的故事，真够上书啦！

燕子

再过两天，部队就要出发去前线了。自从接到命令以来，部队就严格控制军人外出，没有天大的事是别想请假的。何排长多想临走前对象来看看他，给他几句叮嘱，给他几许安慰。但姑娘终究没来，她在观望和等待。她已经知道小何要上前线，而且一去两年。她在想：作战、打仗，那可不是闹着玩的。上前线，自然就会流血，就会牺牲。人么，可得放聪明点，否则，小何若是光荣了倒不必说，要是断了胳膊脚杆或是瞎了眼睛可咋办？

姑娘的确太"聪明"了，可她就没想到，小何要是完完整整、风风光光地回来了呢？她会抱憾终生么？

25 岁的何排长带着离愁和迷惑来到前线，一封封信从猫耳洞飞出，两个多月没有丁点儿回音。他在绝望中又尚存一丝希冀，总企盼着发生奇迹。有一天，军工战友往前沿阵地运送作战和生活物资时，一进洞就高喊："何排长，你的信！"小何一把抓过，快速扫描一下信封，心都快要蹦出胸口。战友们也呼啦一声围上来，几乎齐声道："念念，排长！"小何不知是福是祸，自然不敢造次，便故意虎着脸说："越军离我们只有百十来米，不赶快各就各位监视敌人，围着我吵吵干吗？"待兵们快快离去后，他像排地雷一样轻手轻脚撕开信封，然后诚惶诚恐展开信纸，谁想只有一句话，差点没把小何噎昏过去：

"再见，军营男子汉！"

小何气得把信揉成一团，想想又打开、抚平，然后像首长签署命令一般，在原信上写下一句颇具男子汉气魄的话：

"战争让你这种女人滚开！"

一线猫耳洞的战士 3 个月轮换一次，一个洞子多则四五人，少则两三人。3 个月里不准乱蹿阵地，因为到处都有越军以前布下的地雷，只能在划分的堑壕内活动。难熬的寂寞，使欢蹦乱跳的战士难以忍受。为了打发漫长的 90 多个昼夜，他们把该不该吹的"牛"都吹光了，闲极无聊，又没书看，于是就数胡须、逗蚂蚁……某团三连战士王正祥把一本《毛泽东选集》通读了五遍，有的战士把一张报纸看了又看，最后竟能一字不差地背诵出来。

在猫耳洞，前线战士偶有对象来信，情书不能个人独享，必须向大家公开。刚进入阵地不久，七连战士金明的对象来信了。但百米生死线上，敌人封锁很严，金明的信在连部搁了几天，一时无法送上去。指导员在电话里告诉金明后，他等不及了，对指导员说： "你就在电话中念吧，让大家伙儿都听听。"指导员 "嗤"的一声撕开，让连队总机把本连 23 个猫耳洞的电话全部要通，清清嗓子后郑重其事地开始了阵地电话广播站第一次播音。

"战友们，为了活跃猫耳洞精神文化生活，本连开设了阵地电话广播站。今天先播送三班金明同志未婚妻的来信，请大家注意收听：小明，你好，看了你在老山主峰碑下照的相片，我捧着它吻了又吻。你好神气哟，就是瘦了点，生病了吗？千万要注意身体呀！开初，我对你从北京调回江津当兵不理解，现在看，你是对的，可惜我不能跟你一起上战场，经受血与火的考验。但我会经常到你家去，亲手照顾双亲。县里号召全体江津人民为前线军人送一件慰问品，写一封慰问信，我前天一下买了 20 条手绢，绣上字交给了厂里。你的那份，我留下来了，等你凯旋时，我会亲自交给你。小明，还记得临行前的那个夜晚吗？你请两小时的假回家向父母告别，可老人家却把宝贵的时间让给了我们。你在江边吻我时，将一颗水果糖用舌尖抵进我的嘴里，至今想起来，心里还甜津津的……"

七连"阵地电话广播站"的创造，很快在战区推而广之。"情书向你公开"成了寂寞的猫耳洞战士津津乐道的事情，慰问信像难以估算当量的"精神原子弹"，使兵们冲锋陷阵、义无反顾。

何排长所在的猫耳洞一样寂寞。后方人民深深理解兵们的饥渴，一捆捆来自全国各地的慰问信源源不断地送到了前线，仅江津县就先后给前线寄去两万多封慰问信。部队政治机关收到后，像分发其他慰问品一样，采取"先一线、后二线，先基层、后机关，先群众、后党员"的原则，及时地送到猫耳洞战士的手中。兵们面对几封甚至几十封慰问信，就像面对渴望已久的珍品。出于人们都能理解的原因，他们大多先看看字体或地址，如字体娟秀，地址是高中、中专、大学而不是小学、政府、居委会，于是就争、就抢、先睹为快，甚至永远珍藏。

何排长这天让兵们挑拣完后，随手打开一封字体刚劲、寄自银行的慰问信。原来是一篇题为《笛音》的散文，字里行间渗透着一个姑娘对前线军人的深深爱恋。征得原作者燕子的同意，我从小何处抄来，借此给他们提供一个公开发表的机会：

你清脆的笛音萦绕在我的耳边，悠远，深长。我笑了，真的！不为什么，只是想笑。虽然，泪水早已蓄满眼眶。你也笑了，那双凝视我的大眼睛，分明藏有一段深情，还有一丝狡黠。

……

我无声地扑到你面前，泪如断线儿的珠子啊我的朋友，可你，为何要用这种眼光看着我？

记得吗？那天你要走了，要到战火纷飞的前方。就在火车启动的一刹那，你猛地吻了我的脸，然后跳上火车，向我挥手。那时，你也是这样笑的，眼睛里也有这样一段深情，一丝狡黠。隐隐中，似乎还有两点光亮。

我哭了！挥着手追着火车呼喊着你，感染得近旁好多送行人都掉了眼泪。那以后，我给你写过多少信？10封？20封？梦中都盼你的信啊我的朋友！

今天，我骤然感到自己的苍白和脆弱。我负荷不了呵，你这未及寄出、沾满血迹的书信！

天地在旋转，你也在我眼前旋转，连同那一段深情，一丝狡黠，以及那悠远而深长的笛音……

你说过，是男儿，就应该顶天立地，就应该精忠报国！

我又拿起这支你常吹的竹笛，如同捧着你那颗跳动的心。我仿佛来到以前我们常去的地方，还是雨蒙蒙，风柔柔。细雨吻着我的脸、我的眼睛、我的缠绵的感情；轻风拂着我的头发、我的衣襟、我的焦灼而疲惫的心。你说，总有一天，你还会来这儿为我抚笛的。我说，不论是哪一天，我都会在这儿等待你的笛音。

我缓缓走过这片竹林，深情地吻着竹笛，如同吻着你的嘴唇、你的眼睛、你的怦怦跳动的心！

一缕悠远而又深沉的笛音轻轻响起，你终于向我笑着走来。循着笛音望去，我才发现，我们离得这么近，却又那么远。但是，在我心之一角，我将永远珍藏你的身影连同你的笛音！

毕业于军校的何排长可谓绝顶聪明。他赶紧趴在炮弹箱上，就着烛光给燕子姑娘写了一封"投石问路"的信，说她的文采如何美妙、感情如何真挚、精神境界如何高尚，云云。于是乎，两人一来二往，悄悄地、谨慎而又快速地朝着"那个"方向发展。何排长无时无刻不揣着姑娘的来信，他要从中吸取智慧和力量，鼓舞自己战胜困难，打击敌人。"4·28"战斗结束后，他荣立二等功，又被部队党委树为"模范共产党员"。待兵们对排长和燕子姑娘的书信往来略知一二时，便学着电影上的对白高喊："阿米尔，上！"其实，丘比特那支神箭早已从何排长手中射出，人家两个已经爱恋得热火朝天了。这不，部队今天刚回江津，他们便冒雨钻到长江边的这片竹林里幽会了。

罗姐

三炮连回到营房刚刚安顿好，已经很晚了。战士们临睡前，发现连长刘建平还在炊事班忙乎，都催他"赶快回家看看嫂子"。

在火车站，刘建平看到妻子也在欢迎的人群中，两人只是深情地点了点头。她知道他肩上的担子有多重，她不愿打扰他。他平平安安回来了，他的那些标标致致的战士们也跟在身后回来了，这就令她格外满足，欢喜异常。她本想侧转身去，到幼儿园接孩子，可她太想仔细看看两年时间没曾见面的那些可爱的战士。她本来躲在人后，但当三炮连的队伍过来时，一个眼尖的战士终于看见了她，激动地高喊一声"罗姐"，兵们像听到一声口令，几乎同时停住脚步，同时向左转，同时抬起右臂，同时喊道："敬礼！罗姐。"

罗丽琼，一家工厂的职工，不像人们印象中泼泼辣辣的"四川妹子"，显得格外文静、秀丽。在少女时代，黄继光、邱少云、雷锋等一批解放军的光辉形象，便在她心灵上打下了深深的烙印。从此，她尊敬解放军，羡慕解放军，在心之深处憧憬着有朝一日也像驻军部队那些女兵身穿绿军装，让人们以集束眼光追着。参加工作后，做女军人的希望之火熄灭了，又在心里生发出一个新的梦想：将来一定要成为一个军人的妻子！

机会终于来了。1980年，她认识了从自卫还击战下来的驻军某部排长刘建平。从此，爱情的红线把她和军营紧紧地连结起来。每逢周末和星期日，她便来到连队，像大姐姐一样，为战士们缝补浆洗，还帮助他们补习文化。如今，很多退伍战士和考入军校的战士还经常给她写信，或是欣喜地向她报告他们的成绩和进步，或是诚恳地请她为他们生活中的事情拿个主意。

1984年10月，她和刘连长喜结良缘，终于成了一个名副其实的军人妻子。雪片似的贺信，从各地飞来，每一个认识她的战士都为他们祝福。正当她沉浸在美好未来的向往中，不幸却降临到她的头上。一天，她正在生产车间值班，灯管突然爆炸，玻璃渣飞入了她的眼睛。顿时，她两眼血流如注，不省人事，被送往医院抢救。战士们自发地轮流来到她病床前，一声声问候，一个个安慰，给她增添了很多战胜伤痛的勇气和力量。手术后，她双眼视力加起来不足 0.3 度，可她在严重的眼疾面前，却幽默地说自己比双目失明的保尔幸运多了。出院第二天，她便来到车间，以火一样的热情和坚韧不拔的毅力，勤奋学习和工作，多次保质保量地完成生产任务，多次受到奖励，还被评为先进工作者。

当她丈夫所在部队赴滇执行作战任务后，她既牵挂丈夫，更是放心不下那些入伍不几天的新兵。他们中，好多还是孩子呵！一连几天，她思绪翻滚，辗转难眠，她在想，前线后方虽然关山重重，也要为那些可爱的战士们做点什么，哪怕只是宽宽他们的心。于是，她串联车间的姐妹们开展了前线后方"两地书"活动，连队战士几乎都收到过她们的来信。那启迪智慧的字里行间，那千叮万嘱的柔柔话语，像淙淙流动的山泉，在兵们心里静静流淌，坚定了他们战胜一切困难和敌人的勇气。她和姐妹们的来信，给战士们注入了力量，他们就如猛虎，活跃在老山战场。三班战士罗晓军，是一个极精明的新战士，但初上阵地，难免思乡思亲，渐渐觉得不该来当兵受苦，一时间情绪很低。她知道后，一封又一封的来信，倾注了大姐姐一样的爱心。她给他讲军人的责任和抱负，讲后方亲人对他们的殷切希望，终于使罗晓军振奋了精神。一次对越军的定点炮击，他在战友们配合下，准确地将一枚枚炮弹打向敌人阵地，被人们誉为"老山神炮手"。

有一天，罗丽琼收到来自前线的一份电报，那是她丈夫刘建平发的。电文只有六个字："速寄裤衩 50 条。"姐妹们不解其意，以为刘连长在发神经。她看了电报抿嘴一乐，知道他要这多裤衩派啥用场。她看过丈夫寄自阵地的照片，他们无一不是仅穿裤衩活跃在战场。建平来信说过，阵地上中午气温高达 45 摄氏度，穿上衣裤易得皮肤病，特别容易烂裆。整个夏天都穿裤衩，磨损自然很大。第二天，她一下从地摊买了 50 条裤衩，把那摆摊的小伙子乐得什么似的，一听说是寄给前线战士的，他慨然道："大姐，你真是拥军模范，冲你这精神，小弟我没说的，你就给点本钱算啦！"裤衩寄到连队，战士们正为没有替换的犯愁，一下领到一条新裤衩，他们心里直想欢呼"罗姐万岁"！罗姐，你知道吗？

最是难忘的，她嫁了军人，也对《名将传略》《孙子兵法》等军事书籍产生了浓厚的兴趣。她甚至潜心研究炮兵理论，整理了一批又一批资料寄给丈夫参考。刘连长根据这些资料，结合作战实践大胆改革训练和作战方法，总结出了"先共同，后专业，再战术"的训练方法，又在南疆战场率先创造出了"定点撒网""随机应射"等 10 种新的打法，大大提高了火炮威力。上阵地 3个月，全连摧毁敌屯兵洞 1 个、观察所 1 个、工事 4 个、歼敌 31名，击毙越军一名团参谋长。欢庆胜利的时刻，兵们没有忘记遥远的罗姐。他们有的甚至咬破手指，写上血书为她请功。

当罗丽琼被四川省、重庆市评为妇女先进个人时，她却显得很不安，她说自己并没做些什么。而她在战士心中，简直就像女神。兵们说："你的爱像冬天一把柴，像湛蓝的大海，是爱之海将我们浮起来。"

刘连长今天才回来，罗姐在车站也看到了。可是，他放不下战士，他还在忙，恐怕他今晚不能回家了，罗姐会怎么想呢？

这会儿，雨还在下，如丝如缕。蜀中秋夜，显得宁静、温馨。

侦察连驻在江津县城郊的小观山上。夜里 11 点了，连队仍

一个人的
能走多远

旧灯火通明。就在部队班师回营当天下午，已经牺牲的副连长高金虎和战士张云清的亲属到了江津，他们是来看望亲人生前战斗过的连队，顺便想听听亲人牺牲的过程。官兵们没有睡意，争先恐后要陪一下烈士的亲人们，跟他们好好摆摆"龙门阵"。

高金虎

1988年8月，部队首长决定实施一次代号为"黑豹三号"的对敌侦察行动。我们出征头一天，正好江津县慰问团到南疆前线。路过我们连队时，听说我们第二天就要出征执行侦察作战任务，他们赶紧来到连队，来到战士中间，还给我们送了好多慰问品，有成箱的江津特产玫瑰牌米花糖、老白干，还有精心绣的一双双鞋垫和手绢。县委书记辜文兴说："县妇联、团委上个月就在全县青年妇女中开展了兴我中华、爱我长城、为老山前线将士赠送礼物的活动。个把月时间，就收到各种慰问品60 561件。你们侦察连在南疆战场是英雄，在驻地支援我们县的经济建设是模范。听你们首长说，明天，你们就要出去执行任务了，正好，我们慰问团的25人代表家乡的父老乡亲，为勇士们送行，盼望你们打胜仗。"说完，他们为全连官兵一一斟满一盅江津老白干，以壮雄威。

战士们庄严地一饮而尽，连平时滴酒不沾的战士，这会儿居然也英雄豪杰起来，嗤溜喝了个精光。然后，全连百十号人齐声唱起了《热血颂》，慰问团的亲人们无一不热血激荡，热泪竞涌。他们说，任何一个有良知的人，只要往这种场合面前一站，立刻会庄严、高尚起来，便有了不惧一切、义无反顾的智慧和力量。随团慰问的《重庆日报》记者向泽映哭得泪人似的，一边哭，一边拍照，他说："我从来不喝酒，今天破个例，让我们永远记住这一庄严的时刻，我祝愿亲人们都能平平安安地完成任务回来！尽管战争是无情的。"

第二天清晨，我们"黑豹突击队"便在夜色的掩护下，带着后方人民的重托和祝愿，也带着米花糖和老白干，像一支离弦之箭，直插敌腹地。高金虎在捕俘组，张云清在火力队。我们这群"黑豹"兄弟密切配合，侦察行动十分顺利。几天来，老山地区一直被大雾笼罩，间或下场雨，加上荆棘丛生，地雷遍地，我们就在这样复杂的气候和地理条件下执行任务，这就是富有传奇色彩的侦察兵生活。8月27日晚上，我们就地宿营，不能传出任何光亮、声响和气味，这是侦察兵的战场纪律，因为我们距敌人太近了。半夜时分，我爬到金虎宿营的树下，他仰躺在草地上，眼睁睁望着那轮入云出云的淡月，不知在想什么心事。见我过去，他侧身悄声问我："上半年到我们连队慰问的两兄弟叫什么？事太多，忘了。""不是叫王老六、王老八吗？"我对金虎说。"这我知道，我问的是他们的名字。"我确实不知他们的名字，只晓得王家兄弟俩是江津的修车个体户，很有点名气。没有打仗前，我们就知道江津有个首富王老六、王老八弟兄。政策好了，钱挣多了，兄弟俩没忘前线官兵。他们自费来前线，还开了两台装满慰问品的大卡车。我问金虎打听这个干啥，他说："我答应过，回江津后要送给他们一只炮弹壳做的'和平鸽'，前几天修理所打电话来，说是做好了，叫我把名字告诉他们，好刻在上面。"我对金虎说："就刻王老六、王老八不行吗？"他说只有这样了。

第二天上午10点40分，我们同敌人"不预期遭遇"，敌众我寡，战斗十分激烈。激战中，我们毙敌9名。张云清在还击敌人时不幸腹部中弹，栽倒在河沟里，金虎迅速上去救他，也不幸

一个人的 心
能走多远

身负重伤。下午，他们先后光荣牺牲了！向党和人民交出了一份鲜血浸染的人生答卷。

张云清

张云清牺牲后，我们难过极了。我是他的班长，对他非常了解。部队刚接防时，要抽一批侦察兵骨干加强到一线猫耳洞，张云清争着要去。他在被派往 63 号阵地的 20 多天里，参加过十来次大小战斗，出色地完成了任务。张云清特别爱学习，他在给一个上大学的朋友的信中写过："朋友，你知道我的大学吗？我的大学就是这血与火的战争，我的课堂就是这深邃可怖的密林。我们连队有 11 个弟兄报考了北京人文函授大学，神气着呢！出来作战了，我们才不得不把那连睡觉都要别在胸前的校徽取下，用手帕包了一层又一层。"张云清还从有限的津贴中，挤出 30 元作学费，成了吉林作家进修学院文学创作函授中心的一名学员。出征前夜，他在帐篷里就着烛光写下了一首诗，可惜未及寄出就牺牲了。后来，一位作家知道后，推荐给一家刊物发表了，许多报刊都转载了这首诗："他有成为诗人的梦/时刻伏案思索/他用短暂的青春/写出了人生佳作/战前的那个夜晚/他面向北方/咬破指头/写下豪壮的诗句/激战中，他救战友，滚地雷，冲锋陷阵/就这样/带着他心中的诗神/带着血与火的战场/带着属于他的一片天地/到另一个世界去构思/他没发表过一首诗/而他用鲜血写成的生命之歌/就是人生最辉煌的诗篇！"诗很朴实，朴实得就像他那 1.62 米的个子，但这毕竟是他 21 岁生命的写照呵，他用生命的代价写下了一部生者永世读不完的诗篇！

我们清理张云清遗物时，从他的日记里知道了这样一件事：

1987年11月23日，他在师侦察集训队学习期间，一天晚饭后和几个战友转到江津县园艺站的广柑林，战友要他这个侦察兵露一手给他们看看，目标是偷摘10斤黄澄澄的广柑。张云清真摘了，战友们见他在看守人眼皮下神不知鬼不觉地提着广柑走来，佩服得连声叫绝。没几天，他们就接到出征命令。上战场后，他在日记中写道："这是我有生以来做的有损人民利益的第一件事，我终生不能忘记，这是人生的耻辱。"他主动给园艺站寄去了11元钱的赔款，并写了一封信承认错误。至今，他这篇忏悔日记和11元钱的汇款收据还保留在我这儿，以后就是我们爱护群众利益的生动教材。

夜已深了，雨还是没停。被秋雨洗涤过的山峦显得更加雄伟、壮丽。官兵们今天刚从前线返回营地，激动的"夜话风流"即将打住。

他们准备着召开庆功大会那天，一定要把江津县的领导请来，把罗姐和王老六、王老八也请来，我们虽然不能亲手敬他们一杯庆功酒，但大会介绍来宾时，可得为他们把巴掌拍得更响些，把时间拍得更长些。

1989年12月写于江津

一个人的心能走多远

第四辑

穿行在故乡的土地上

一个人的心能走多远

曾几何时，一个挥手告别后，回家便成了一种奢望

年少时我们憧憬外面的世界，带着一腔热血、满眼的星光

义无反顾地奔向远方，奔向陌生的战场，奔向五彩缤纷的理想

一个转身，家乡就成了远远的瞭望

写完这一组故乡纪行，我终于明白

当故乡成了远方；而我们，原来只是在回家的路上……

名山新姿

正当祖国北疆乍暖还寒的时节，我作了一次长途旅行——从大东北到大西南，探望我梦中的故乡。

在列车上，我打开《中国名胜词典》，重新研读起"丰都名山"一节。我寻思，此次回乡，第一个要看的，就是我印象中原本十分冷落的丰都鬼城名山！

列车载着我经过三天三夜不停地飞奔，在一个雾蒙蒙的早晨到达山城重庆。入夜，我没有旅途的疲劳，和父母一起作了整夜长谈，话题多是老家丰都的乡情。爸爸说："去老家看看吧，家乡的变化可大啦！对你搞创作会有好处的。"妈妈说："告诉亲戚们，以后到重庆做客，不要带鸡呀蛋啦之类的物品，只要一串故乡那醉人的喜讯！"

第三天，我便乘船东下，恨不得顿插双翼，即刻飞到故乡的怀抱！

船犁江水，翻起无数碎银般的浪花。我伫立船首，一任江风吹拂，听凭涛声哗哗。真惬意呀！我思绪的骏马奋蹄狂奔！

十年了，故乡！你变得愈发年轻、愈发俊美了吧？

下午两点，船过朱家嘴，丰都城便遥遥可见了。

我这颗按捺不住的心，激动得几乎蹦出了胸口！

哦，名山上那红蓝交映的殿宇，掩蘙于绿荫丛中，只露出一个色彩绚丽的脑袋，给人"犹抱琵琶半遮面"的神怡之感。我赶忙举起相机，臆想把这美妙的胜景全部摄入镜头。

近了，近了，多么熟悉的地方！

码头上，那万头攒动的人群中，可有我熟识的友人？

久违了，我日思夜想的故乡！

下船之后，我赶紧放好行李，顾不得小憩，就在一个朋友的陪伴下，沿着环城公路观瞻一圈，便拾级而上，朝着名山的极顶登去。

屈指算来，有十四个年头了，我没曾涉足过名山这块地方。那年初冬一个清冷的日子，我和刚进初中的三个同学一起，步行六十多里来到传说中人类灵魂归宿的地方。可惜，名山在那个年代也在劫难逃，荒山秃岭，殿宇破落，厚厚的瓦砾坍土上，毫无生气地横卧着一条条袒露草腹的龙蟒，连那一尊尊从不"乱说乱动"的泥菩萨，也被"革命洪流"冲击得东倒西歪，被"打翻在地"，任其践踏。那次，我们兴味索然，只好草草下山。为了不枉此行，我们竟从密密麻麻的"留言"中受到启发，也在粗大的亭柱上用小刀镌刻下"到此一游"的字样，却镌刻下了我少年的耻辱！

游子归乡，故地重游，看惯了皑皑白雪，莽原大野，眼前的一切都那样强烈地吸引着我。回眸眺望，浩瀚长江，百舸争流，岸边宛如一把巨大的官刀形建筑群是丰都县城。我仿佛看到，县委领导们正在设计着丰都蓝图；县科委的科技小报和县气象站的有关气象数据正飞到农民手中；酒厂的回沙大曲正飘溢着奇香；榨菜厂的工人正吭唷吭唷地喊着劳动号子踩池，争取年产百万担，再获得全国第一。我和朋友穿过修整一新的"鬼门关"，大

一个人的 ♥
能走多远

雄殿、天子殿、灵霄殿、二仙楼、奈何桥、望乡台、报恩殿、五云洞一览无余。处处都是雕梁画栋、鎏檐金瓦、古色古香，飞龙昂首、活灵活现、千姿百态，游人接踵、漫山色彩、漫山笑声！看到这重焕英姿的名山，无限感慨涌上心头。朋友告诉我，如今名山已经被列为游览胜地，重庆、涪陵还有直达丰都的游览船。每年都有数以万计的游人观赏名山。近几年，国家拨了不少专款修缮，县里还设立了名山管理委员会。每年春季，植树大军漫山皆是，葱茏的青竹，苍翠的松柏，为名山披上了崭新的绿装。瞧瞧，名山已经初具规模了。

在二仙楼上，我碰到了一对鹤发童颜的老夫妻，攀谈间，老人告诉我，他们是金盘乡人，特意从百里之外坐车到县城，看看名山胜景，尝尝生活的甘醇！此刻，我不禁想起逝去三年的奶奶。记得我参军临行时，奶奶一把抓住我的衣襟，颤巍巍地对我说："孩子呀，你妈说丰都是个回水码头，你不论走到哪里，都要回来看看她呀！"

奶奶呵，我回来了，从名山的新姿中，我已经强烈地感觉到了什么！等一等，我再跟您说，好吗？

1980 年 2 月记于丰都

同是晚餐

在丰都开往树人乡的公共汽车上，我意外地遇到了同宗淑清大姐的儿子。他是哑巴，但他有一个浪漫响亮的名字——辉华！

下车后，我们沿着银晓河畔的小径朝肖家沟的老家走去。老远辉华就撇下我，一个人嗷啊叫着飞快地回家报信。他的叫声震撼着河谷，回荡在山野。乡亲们闻声奔出户外，将我团团围住，其亲热气氛叫人没齿难忘。

随着人们唤鸡唤猪的声音，夜幕徐徐罩下了。辉华挤进人群，来到我面前比画着。我明白了，他叫我到屋里吃晚饭。进屋刚刚坐定，刹那间，我眼前突然一片雪白：电灯亮了！淑清大姐笑着说："我家照了六盏灯，地上掉根针都捡得起，跟城里差不多了吧？"我情不自禁地笑着，突然想起了长眠山中的奶奶。在我儿时，老人家常常当神话般地给我讲起灯火朝下的幻想，如今在这深山里变成了现实，要是奶奶在的话，说不定乐成什么样呢！

晚餐实惠又丰富，粉丝炖鸡、红烧猪肉、河水豆花、回锅肉片、凉拌猪肝、榨菜肉丝、丰都曲酒……满满摆了一桌。我喝了一口酒问姐姐："不是外人，你何必这么破费呢？"她笑着对我说："放开吃吧，兄弟，你姐姐这几年发财啦！瞧我们穿的，涤卡，瞧我们吃的，平时也这样！辉华还想吃红苕呢，可是没栽多少，都喂猪。对啦，我去年卖了三头肥猪，杀了一头自家吃。你看，隔壁那间公房作价 1200，我买了。现在有了电，我还想买个电视机看看呢！"淑清大姐还在滔滔不绝地讲，我的心却翻腾开了。

这是我生活了十七年的地方吗？这是"形势一派大好"时饿得面黄肌瘦的淑清大姐吗？瞧她五十多岁了，脸膛红润润的，头发黑亮亮的，一笑脆崩崩的，是她呀！

"快吃呀，兄弟，今天要把你入伍时姐姐为你饯行的那顿饭补起来！"是呵，十年前她为我送行，我是和着眼泪咽下去的。

那年冬天，淑清大姐见我第二天要走了，特意做了一顿晚饭为我送行。

忽明忽暗的煤油灯下，姐姐将一瓦缸子焖饭塞到我手里，饭底下埋伏着七八块肉片。桌子上一碗孤零零的炒青菜，姐姐和辉华咬着黄乎乎的红苕。姐姐笑眯眯地看着我吃，辉华也懂事地比画着，让我一点不剩地吃下去。我哪里知道那几块肉片，是姐姐头天中午在别人的婚宴上为我省下的！

"兄弟，你怎么半天不吃口菜？想啥哩！"姐姐又说了，"你妈妈到重庆七年了，你回去后叫她到肖家沟来多住些日子，啥也不用管，我们供得起！"

我在心里说，放心吧，姐姐！我不仅要把你们家的变化告诉妈妈，我明天还要在肖家沟多转转，好拎给妈妈一大串故乡的喜讯哩！

1980 年 2 月记于丰都

肖家沟兮

　　我的老家肖家沟，三面环山，恰如一只巨大的撮箕，各种不知名的野花点缀着翠绿的山野，蜿蜒的银晓河水绕过村庄，叮叮咚咚奔向东去。用老党员秦大伯的话说，爬上后山梁子往下一瞅，肖家沟全是稻谷田，活像一面斜放着的大镜子，阳光一射，水汪汪的直晃眼睛。然而，正是这个有山有水的地方，谁敢相信"山河一片红"的年月，山民们却把锅儿拎起来当锣敲，穷得叮当响？几年时间，这个仅有五百来人的地方，竟有十多位豆蔻年华的姑娘，不甘生活的艰辛，以百十元的身价，含着眼泪告别了故土，告别了亲人，嫁到了遥远的中原。实如王安石写的那样"君不见咫尺长门闭阿娇，人生失意无南北"呵。小伙子呢？则多半是打光棍，有的眼看四十岁了，仍旧孑然一身，孤枕单衾。这些，对我这个当年被人冠以"光棍委员会候任秘书长"头衔的人来说，心里自然清楚得很。

　　多灾多难的肖家沟啊，如今你将是怎样一番光景？

　　我的父老乡亲们啊，你们是否也跟淑清大姐一样，过上了甜美的日子？

　　第二天，我和第二村民组长、堂兄杨家登闲聊起来，他说，肖家沟实行包产到户的生产责任制五六年了，这里是山区，田土分得多，加上人们上来了劲头，经营得好，人均产粮不下两千斤。光是水稻一项，我们村就翻了一番，总产十二万斤，人均九百，有的超过一千。现在村上准备把一些劳动力从农业上解放出来，鼓励他们出去做工，让大家的腰包都鼓起来。他得意地看了看我，"怎么样，过瘾吧。"我乐了，从心底里发出了笑声！

在肖家沟三天时间，我走访了许多乡亲，考察了许多人家的生活。收入眼底的，家家都有新做的装得满满的粮仓，家家房梁上都挂有成串的腊肉，不少家庭盖了新房，添置了手表、收音机、缝纫机等高档商品，就连个字不识的哑巴，也戴上了一块明晃晃的手表，不时撸起袖子咿啦哇啦叫个不停。乡亲们告诉我："这些玩意儿在肖家沟不稀奇了，如今照了电灯，不少人都想买个电视机看看呢！"

我儿时那些同伴，差不多都娶媳妇了，有的老光棍也找到了堂客。没找对象的小伙子则说："我呀，这会儿还要好好挑选挑选呢！"

瞧瞧，这就是今天的肖家沟！这就是今天的肖家沟人！前几天，他们刚学习了党中央的一号文件，心里更踏实了。从庄户门扉的春联上，从人们舒展的脸和迷途返乡的姑娘身上感觉到了：他们感激伟大的党，感激这与人作美的苍苍老天，他们更加热爱祖祖辈辈在此栖息的这块温热的土地……

此刻，乡亲们又在村头使劲儿敲响了那套新买的锣鼓。"锵锵"声中，我仿佛听出了新生活的旋律，也听出了对新生活的赞美！

肖家沟啊，你这伟大祖国生机勃勃的小村庄，见到你，我只有惊喜，竟没有一首小诗献到你的面前。

1980 年 2 月记于丰都

幸福天使

　　明天是高家镇逢场的日子，我心里免不了一阵激动。这个位于长江南岸的弹丸小镇，曾经用她那苦涩的乳汁哺育过我。哪怕只有短暂的学校生活，可她仍然成了我渴之一见的地方。

　　小船在满是雾霭的长江上疾行，可惜什么也看不清楚，船儿刚一停稳，我便第一个跳上岸去，急匆匆来到集市上。

　　呀，这是印象中那破烂不堪、毫无生气的高家镇吗？十年不见，变得令我眼花缭乱，不敢相认了！喏，新建的楼房、码头、工厂、影剧院、旅馆、夜宵楼，鳞次栉比，错落有致；新铺的柏油街道上，再没有尘土飞扬，再没有褴褛乞丐。到处是男子汉对新生活的赞叹，到处是女儿家甜脆脆的笑声！

　　好个高家镇！你让江雾锁住你的真容，竟是想一下乐死我呀！

　　我从熙攘的人群中，好不容易挤到了东侧桥头。突然，"砰"的一声断响，吓得我心惊肉跳。定神一瞅，乖乖，原来是又一锅爆米花炒熟了！出乎意料的是，崩爆米花的师傅，竟是两个十多岁的男孩子！

　　出于"业余职业"的习惯，我仿佛从纷繁的生活中捕捉到了一丝文学创作的信息，便在小师傅身旁的一块石头上坐了下来。

一个人的
　　　　能走多远

我想，从他俩身上，兴许能"挖"出一篇好小说咧！

小师傅是兄弟俩，都在中学里念书，今天是星期日，又逢赶场，他们便做起崩爆米花的生意来了，说是为自己挣些学费。

说话间，从桥头过来一位打扮入时的少妇。哥俩显然认识她，便停下回答我的问话，盯着走近的少妇咧嘴乐了。

"女子家，赶场啊？"

少妇一见满脸花猫似的小哥俩，也乐了。"你这俩爷子，莫把裤裆崩破啦！"

小哥俩一听，嘿嘿哈哈地笑出了声，追着少妇的背影喊了起来："二嫂啊！我们的裤裆崩坏啦，你来补补吧！"说完竟捧腹大笑起来。

幸福的天使啊，我羡慕你！新生活赐予你们的笑声是这般甜蜜，这般无所顾忌！想我儿时，一天吃两顿从县城排队买来的"救命菜"，哪还能牵动笑的神经！然而，生活中失去了笑声，可想而知，那生活将是多么可怜和苦涩！

"哥哩，快看看温度表，这一锅差不多了吧？"正在呼哧呼哧拉风箱的弟弟问道。

哥哥停下摇柄，看了看温度，起身将麻袋罩住锅口，用脚使劲一踩，"砰"的一声断响，又一锅爆米花炒熟了。

"同志，你知道这叫啥玩意儿吗？这叫粮食膨胀器呢！听说尼克松见了都感慨，怪不得中国人多粮够吃，原来他们有粮食膨胀器呀！我哥俩还想以后扛着它坐飞机到美国去献技呐！"小哥俩还告诉我，他们家四口人全会使用这玩意儿。一四七，二五八，三六九，赶转转场，生意好得很，哪个月都弄它个两三百块！

哥哥抹了一把汗渍渍的脸，旋着摇柄继续对我道："刚才说以后到美国崩爆米花，那是开玩笑，我们啦，挣这么多钱就是想好好读书，上大学，考研究生！呃，你们哈尔滨不是有所挺出名的工业大学吗？以后填志愿时就报它！"

好啊，崩爆米花的小哥俩，但愿我们重逢在美丽的哈尔滨。

1980 年 2 月记于丰都

一个人的心
能走多远

社员之家

　　位于长江南岸山巅的双路区，与丰都县城隔江相望。我正埋头笔耕电视剧本《伞莲花》的时候，朋友告诉我一件新鲜事：双路区所属七个乡的供销分社，同时建立了"社员之家"。

　　怀着极大的兴趣，我走访了双路区供销社的领导，并实地考察了所属兴义供销分社的"社员之家"。陈、殷二位主任对我说："农村供销社建立'社员之家'，是我们进行改革的一个项目。如今供销社改公办为民办了，社员是它真正的主人，所以要千方百计为他们谋利益……"当我问起社员之家的具体情况时，他们笑着对我说："你亲自去看看吧，听听群众的反映。"

　　选了一个赶场天，我前往长江岸边的兴义乡所在地——泥巴溪。随着拥挤的人流来到供销社楼前，抬眼便见一角的屋门上方挂着一块四四方方的木板，上面有四个魏碑体血红大字：社员之家。我跨进屋去，即刻有一位小伙子招呼请坐。我扫视一圈，果然名不虚传。"社员之家"是一间专设的屋子，里面备有凳子、开水、书报、针线、公平尺、公平秤，屋子一角可以存放扁担、背篓等一些家什，墙壁上有定期更换的专栏和宣传画，内容大都是作物植保、农药使用等农业科技知识。那位招呼请坐的小伙子，正在认真地回答农民提出的每一个问题，尽管他要不时地翻翻书本，但仍然赢得了人们无比尊敬的眼光。一位正喝开水的老太太对我说："供销社办了件大好事，跟我们农民的心贴得更近了。"

我从既是休息室、寄存室，也是学习室、咨询站的"社员之家"出来，又跨进副食品门市部。营业员是一位漂亮的"小金鹿"，她正用甜甜的声音招呼着顾客。上了年纪的给她喊黄妹，年轻娃儿叫她黄姐，多半则是叫她黄同志。看样子她和顾客中很多人都熟悉，间或还要玩笑几句。有的人进屋不买东西，却送给她一包豌角，或是给她一束香椿……她用会说话的眼睛感激山民们的情意，眼窝里却噙着亮晶晶的泪珠。"小金鹿"，你想说什么呢？你想说人们感激的是你，但又不全是你，对吧？

目睹商群间这种真挚感情的交流，我被深深地感动了。记得儿时我头一次和妈妈去赶场，妈妈想为我买一双鞋子，站在柜台前冲正谈笑的三个营业员喊了几声都没人理睬，妈妈生气了，不客气地说了她们几句，没想对方竟然群起而攻之，我们只好"落荒而逃"，背后还撵来一串恣意的笑骂。两相比较，我在心中对"社员之家"和"小金鹿"不由得生起一股敬佩之情。

哦，我赞美改革。你的力量不仅在于复活、强大企业的生命，而且在于让人们的思想感情受到纯洁、高尚的洗礼！

改革，我多想为你献上一首心中的赞歌！

1980 年 2 月记于丰都

一个人的 *心* 能走多远

我是龙王

丰都境内的飞龙乡，和忠县北部依山傍水，唇齿相邻。受两位战友的委托，我要利用探亲假期去飞龙乡看望他们的父母和妻儿。

阳春四月，油菜花一片金黄，香飘阵阵，沁人心脾。麦苗泛青，但叶儿卷了，我知道这是久旱不雨的症状。宛如一位画中人，我在这毋需任何雕饰的大自然景致中奔走，很快就到了飞龙乡。循着牧童指点的方向，急匆匆向战友的家走去。

我沿着山脚走着，眼前突然出现了一挂百米瀑布。飞流如千百支响箭，呼啸着直刺潭底，激起白云似的水雾。令人纳闷的是，偌大的水流，竟没有灌满池潭！那水，难道漏掉了吗？

正疑惑不解，刚才为我指路的那个牧童骑在牛背上过来了，我便走上前去向他打听。

"小兄弟，这叫什么地方啊？"

"飞龙潭。"

"哟，这名儿怪好听的，你知道为啥叫飞龙潭吗？"

"当然知道！听我爷爷说，这山顶上很早以前有座庙，庙里有一条木雕大龙。一天正午，狂风大作，黄沙漫天，那条木龙抖擞鳞甲，昂首竖尾，晃得庙子嘎嘎直响。和尚见了，慌忙问道，'木龙你要走啦？'木龙点了三下头，呼的一声飞出去，引来倾盆大雨之后，便一头扎进了这个大水潭。新中国成立前，我们这一带只要遇到天旱，人们就要杀猪宰羊，抬着菩萨，请来道士，到飞龙潭诵经拜佛，求龙降雨。"牧童说完，腾地从牛背上蹦下来，拣块石头投向潭中，好长时间才听到了咚的一声闷响。

"那为啥只有半潭水呢？"我迟疑地问道。

"你问这个呀！"他冲我诡谲一笑，继续说道，"今年我们这儿三个月没下一滴雨，飞龙瀑布也看不到了，只有这飞龙潭还有满满的一潭水。全胜村二小组的谭永泽，听我妈说他还是个党员呐！眼见不少禾苗枯死了，他急得不得了，和几个人一商量，就把他家那台柴油机抬去准备抽水救苗。可是不少老人却一个劲儿反对，说什么再差水也碰不得飞龙潭，老龙王生气了，百姓要遭殃。谭永泽才不怕呢！他笑呵呵地说，什么老龙王，我就是龙王，抽吧！机器吼起来了，龙潭水哗哗地流向了农田，看热闹的围得人山人海，忠县曾经到飞龙潭求过雨的老道士也特意跑来看稀奇。抽了十多天，两桶柴油烧完了，飞龙潭的水位才低下去不到十米。正在这当口，飞龙乡食品店的何昌明竭力相帮，拿出钱买柴油，鼓励谭永泽抽干飞龙潭，一则可以灌溉庄稼，二则可以帮助群众破除迷信。好家伙，七个人又奋战了十个日夜，终于让飞龙潭亮了底，我躲在爸爸身后往下一看，哪有什么飞龙嘛，原来只有些白乎乎的小鱼虾。"

听完牧童带有传奇色彩的介绍，我的心头涌起一股感激的热流！谭永泽，你这颗中国共产党撒在深山中的种子，没有辜负党的培养和期望。你用勇敢的行动，为我们的党增添了光彩，也为党在这远僻的深山中树起了一面光辉的旗帜!

"天上没有玉皇,地下没有龙王。我就是玉皇,我就是龙王。喝令三山五岳开道,我来了!"是呵,共产党员谭永泽,你就是龙王!

1980 年 2 月记于重庆

老兵新传

　　一个月光如水的夜晚，我有幸在长江边的兴义乡政府俱乐部观看了一台农村青年自编自演的节目。对于我这个看多了专业文艺团体演出的人来说，他们的表演竟然也使我陶醉了，或许是乡土、乡亲、乡音、乡情等多种缘故吧！你看，那反映计划生育的小歌剧《夫妻追》，那令人捧腹的相声《装神弄鬼》，那妙趣横生的幕间杂耍，不时逗得我直揩眼泪儿。再看周围奶孩子的大嫂，目不转睛盯着舞台的青年，吧着烟袋的老汉和缺了门牙的孩童，一个个毫无掩饰地把笑意写在了脸上。

　　一曲终了，我到后台向正卸妆的演员表示祝贺。她羞怯地对我说："多亏舒导演，要不我今天非唱砸锅不可。"说着，她把称作"舒导演"的人介绍给我。

　　我和老舒坐在板凳上闲聊起来。老舒告诉我，他叫舒利生，家住五合村，七口之家，有四个孩子读书。他今年五十四岁了。一九四九年入伍，在部队当过文书、班长，还当过宣传队员，现在会点儿吹拉弹唱，填词作谱，全是当年在军队上学的。一九五五年复员后，回乡从事农业生产，后来也被点名参加过公社、大队的宣传队。那时虽然给工分，可是饿着肚子在台子上蹦不起来呀！

一个人的心
能走多远

提起往事，也勾起了我的回忆。我对老舒说，我在家乡念中学的时候曾经演过《沙家浜》，在戏里给沙奶奶当儿子。有一次，我听郭建光唱的时候，在后台歪着头对带队的李老师说："咱们啥时候也能够一日三餐有鱼虾就好啦！"李老师苦笑一下说："你沙四龙手里不是提着阳澄湖的鱼虾么！"我说："刁德一不让咱下湖捕鱼捉蟹嘛！我这两条还要给郭指导员下饭哪！"老舒听了，哈哈地笑了起来，他边笑边说："现在好啦，日子越过越红火啦！不说一日三餐有鱼虾，可敢说三日一餐有猪肉吧！"

老舒递我一支烟后继续道："现在农村物质生活丰富了，但是文化生活仍然还很落后。前两年我就琢磨，把宣传队搞起来，活跃一下山乡的气氛，赶巧地区和县里下了指示，乡政府又大力支持，我和村里这帮小青年一商量，尽管没有一点报酬，但他们也满口应承，就这么唱起来了。上回区上调演，我们村还拿了第一呢！现在正准备到各乡村去巡回演出，有好几个地方请我们了。"老舒满意地喷出一口烟雾后接着说："军队上对文艺宣传历来都很重视，在茫茫的雪山草地，在阴冷的上甘岭坑道，哪里有战士，哪里就有歌声，这玩意儿也出战斗力啊！农村也一样，有个宣传队，自己演，演自己，不光热热闹闹，还能教育人。再说，包产到户后，姑娘小伙能有个机会接触，也算给他们办了一件好事啊！"

我在心里为我们人民军队这位退伍老兵而骄傲！为了传播社会主义精神文明，他不计报酬，精心培育着这朵刚刚绽蕾的新花，倾注了不少心血呀！此刻我才发现，老舒的言谈举止，仍然保持着强烈的军人气质，始终蕴含着人民战士的本色！

月儿皎皎，给山乡撒下一张银色的纱幔；江涛阵阵，和着舞台上百灵般的歌声！

乡亲们呐，当你回味这甜美生活的时候，可别忘了给那位活泼的老舒斟上一杯"回沙香"美酒！

　　青年们呵，当爱神丘比特的金箭射中你的时候，可别忘了给那位慈祥的老舒献上一把甜蜜的喜糖！

1980 年 4 月记于哈尔滨

一个人的 心
能走多远

凤凰的故乡

　　我的家乡在离长江岸边约二十公里远的山区，那里青山高耸，溪水淙淙，身在其间，如临蓬莱仙境。儿时，夏夜里常常坐在皎洁的月辉下，出神地听奶奶讲一串串天上人间的优美故事。从此我便知道背后那座双凤山是因为曾经飞出过一对金色的凤凰而得名。而屋前那条沿着山脚缓缓流淌的小河，则是美丽的七仙女下凡梳妆戏水的地方。我曾经好奇地问过奶奶："您见过金凤凰和七仙女吗？"奶奶总是笑眯眯地拖着长声回答："见过，见过，奶奶没见过，怎么知道它们的故事呢？"后来我常想，奶奶哟，您真的见过吗？

　　参军到东北边防，如今离乡十多年了，由于在外地成了家，就很少有机会回去探望她。不过，无论是在边陲哨所，还是大学校园，我都深情地怀念着亲爱的故乡——那弯弯的小溪，翠绿的山岗。然而，每当桂花飘香的时候，我便格外思念故乡的双凤山垭口上，那座早已不复存在的庙宇——启蒙我知识的摇篮。

　　那座庙宇委实不大，一正两厢，土木结构，青瓦覆顶，过于简单。引人注目的是两厢前的土台下面，十分对称地长着两棵不知何年栽种的桂花树，浓荫如伞，遮住了好大一片土地。每当八月，桂花炸蕾，奇香四溢，沁人心脾。解放后，庙宇改成了一所学校，从此，宁静的垭口出现了欢蹦雀跃的身影，充满了琅琅的书声、甜甜的笑语。

20世纪60年代初期，我也被妈妈送进了这所只有两个老师、四间教室的学校。那时，我才六岁，可是每天都得将四岁的小妹带到学校，背在身上读书写字，为的是好让妈妈去"大炼钢铁"。

我们的学习条件很差，桌椅全用泥土筑成，冬天坐在上面，冰凉冰凉，黑板是庙宇里的大匾改就，只是重新刷了一层黑漆，教室里便显得更加幽暗，从两扇木格子窗户射进来的阳光，谁都希望它停留在自己身上，永远不要移去。全校仅有一个饭碗大的皮球，女同学和力气小的男生，几乎半年摸不上一回。我也十分热爱我的学校，因为那时，我还不知道世上有高楼大厦、篮球排球、地球仪、大钢琴、明亮的玻璃窗、闪光的投影机……

小学毕业后，我升到了县城的中学，可惜有许多成绩比我好的同学，在父母亲"认得名字和工分就行"的斥责中辍学了。后来，我回乡做了一年会计，并到双凤小学当了两年代课"老师"。当时，原来教过我的两位老师经常对学生们讲："现在的徐老师啊，就是从我们学校出来的，你看人家，也当老师吃笔墨饭了，大家要好好读书呀！"乡亲们呢，则夸我是"山沟里飞出的金凤凰"！

到部队后，我很快入了党，当了军官，又被组织上送去一所大学学习，接着不断发表文学作品，有的还获了奖，每一件高兴事，我第一个写信告诉的，就是家乡小学里启蒙我知识的两位老师。我想让他们，还有双凤山、银晓河、桂花树分享我的欢乐！

又到了桂花飘香的时候，我休假回到了阔别多年的故乡。听说第二天双凤山小学要为两名考上大学的学生举行欢送会，整整一夜我都没睡好。一大早，我便沿着小时候走惯的石板路赶到学

一个人的心
能走多远

校，举目一看，那座庙宇没了，取而代之的是一幢漂亮的楼房，山垭口上还盖起了电影院、代销店、加工厂、农科站、大队部，这里已成为四乡毗邻最热闹的地方。双凤小学扩大了，还增设了两个中学班，无论校舍、师资、环境、教具，各种条件都得到了惊人的改善。一切都变了，唯有桂花树依旧飘着奇香。

欢送会上，我碰见了许多过去的同学，他们有的是种田能手、劳动模范、加工厂职工，有的是大队、公社、县委的干部，还有几位是毕业回家的大学生。我们在座的所有人，都曾在双凤小学启蒙读书，校友欢聚，实在是一件莫大的快事！

我站在陌生的教学楼前那两棵熟悉的桂花树下，深深地吮吸着醉人的芳香。凝望远处那一座座峰峦，不禁在内心祝福：双凤山哟，愿您飞出更多更多的金凤凰！

1982 年 3 月记于哈尔滨

你好，南天湖

　　火炉重庆，酷暑难耐。一入夏，便陪同家人驱车丰都南天湖纳凉避暑。从闷热的主城来到森林环绕的高山，极高的负氧离子如蜜般灌进肺腑，那叫一个爽啊，烦躁不安的心情终于平静下来。

　　我是丰都人，儿时曾无数次登上屋后的山坡眺望南天湖。印象中的南天湖总是委屈地藏身在大山之中。对我而言，那就是神秘遥远的近乎梦幻般的贫瘠之地，因为人们总说那座常年云雾缭绕的高山里有人熊、有野猪、有土匪……人烟稀少、刀耕火种、没有现代文明。那时常想，我能生长在长江侧畔，该有多幸福啊！

　　1974年底，我参军远赴北国边陲哈尔滨，每到傍晚，常会情不自禁想起南方、想起家乡、想起南天湖。远隔千山万水，梦里的南天湖，您好吗？从老家来信得知，家乡的青壮年组成民兵团，浩浩荡荡开赴筑路一线，立志打通县城到南天湖的天路；从全国发行的邮票中发现，九溪沟公路大桥建成，那可是通往南天湖费时短、花钱少、土专家设计而名扬中外的亚洲第一大跨度石拱桥；从探亲返队的战友处获悉，家乡如同凤阳一样，包产到户，粮油丰收，昔日黄皮寡瘦的乡亲们吃穿不愁，南天湖的山民

一个人的心
　　　　能走多远

也把笑容堆满脸庞。

20 年前的一个周末，我第一次乘车造访南天湖，但见满目苍翠，云蒸霞蔚，好一派沁人心脾的自然风光。伴随改革开放的脚步，紧跟民营经济的发展，在南天湖随处可见养蜂人、放牛人、采菌人……一车车运往市场的高山蔬菜，一群群销往主城的纯种山羊，一阵阵如梦如幻的叮当牛铃，无不令人憧憬着南天湖更加美好的明天。在战友陪同下，那晚我们夜宿南天湖，踱步户外，望天际星海，听松涛吟唱，我在想，南天湖啊，你何时才能真正展开腾飞的翅膀？

十年前二上南天湖，眼前的一切令人暇接难顾，道路黝黑宽敞，场镇簇新漂亮，民居各显特色，农家乐鳞次栉比，大酒店气度非凡，更有滑雪场、演唱会、时装秀、儿童乐园、购物中心……我特别喜欢观看山顶那庞大的风力发电群，叶片憨态可掬般地缓缓旋转，与南天湖如火如荼的旅游开发相比较，仿佛显得有些慢条斯理，漫不经心，却又显得那么相得益彰，相映成趣。我揉揉湿润的双眼，心中自问自答：这是儿时传说中的南天湖么？这就是多年梦中的南天湖啊！

两年前退休了，和乡党同事聊起选择避暑之地时，几乎异口同声三个字：南天湖。在外漂泊多年，现在该回家了。毕竟，我的胎衣埋在故乡。我相信，躺在南天湖的松林里，如同躺在妈妈的怀中，心情一定特别闲逸，很快就能进入梦里，而那些甜美的梦，会是温润的、彩色的……

每颗心都是散落人间的烟火

一个人的心能走多远

岁月长河中
一个个日子总是那么平凡
每个人，每颗心
都是散落人间的烟火
而我，喜欢用笔记录下这一切……

一个人的 心
能走多远

铜梁龙，与祖国同舞

1

1999 年 10 月 1 日，首都天安门广场，花团锦簇，万众瞩目。

在国庆游行队伍之中，突然间，大鼓咚咚擂响，铜钹声声飞扬，九颗红色珠子，引导着九条金色巨龙，呼啸狂舞而来……顷刻间，人们目光凝聚，掌声如潮，所有的脸庞沾满喜悦的泪花。

这是来自重庆龙灯之乡铜梁军民的祝福。十五年前，铜梁龙在北京舞出了名声，十五年后，他们又在这里为祖国 50 华诞献上最深的祝福。

巨龙九条，象征着神州大地九州；50 米龙身，象征着共和国 50 华诞；24 洞节，象征着一年 24 个节气风调雨顺；每一条龙身 2000 片鳞甲，象征着巨龙跨过历史，腾飞进入新世纪。

这是中华民族亿万子孙的共同心愿。

225 个清一色的舞龙小伙，身着红黄两色民族服饰，手持龙杆，腾跃飞舞。远看近瞻，只见龙头翻滚，龙身起伏龙尾曼摆，时而翻江倒海，时而经天纬地，活了！绝了！人们惊呼，这简直是从历史里、从神话里、从梦幻里飞出的神来之笔。

此时，在天安门城楼上，共和国主席站在铺着红色地毯的观礼台上。

他关切地问：这是哪儿的龙？

重庆铜梁龙。身后工作人员应声回答。

好，好，玩得很活！主席连声赞叹。

然而，谁也没有想到，这 225 名把龙"玩得很活"的舞龙手，竟然全是来自我们红军团的军营男儿。但谁都明了，在这一刻，我们的全部热情、全部技艺，都变成对伟大祖国、伟大母亲的深情祝愿，一齐展示出来。

随后不久，铜梁龙被国家有关部门正式定为"中华第一龙"。龙乡儿女欢呼：铜梁龙走向了全国，走向了世界！

华夏子孙欢呼：中国龙，腾飞！中国龙，雄起！

这对铜梁龙来说，是承认，是赞同，是荣誉，更是激励。而对铜梁县党政和驻在铜梁的我们红军团而言，更是一曲军民共建的凯歌！

重庆铜梁龙灯进京参加新中国成立 50 周年庆典，并不是国庆指挥部的事先安排或天然选择。那么，是什么促成了铜梁龙在天安门欢腾起舞呢？

这其中甘苦，或许只有铜梁县委一班人感受最深。人们还记得，在去年 7 月的巴岳山会议上，县里首次提出了一个大胆的设想——让铜梁龙盛载巴渝儿女对祖国的祝福进京献礼，把铜梁龙灯艺术的发展推向新的阶段。

应该说，这是一个极具战略眼光的超前意识。随后不久，铜梁县委对如何实施这一重大举措进行了专门研究，向重庆市委报送了《关于请求推荐铜梁龙灯进京参加 50 周年国庆庆典活动的请示》，并带着重庆市委、市政府的推荐函径直飞抵北京，找到国庆筹委会表达愿望。筹委会的人惊讶了，也感动了。用他们的话说，在北京都还没有哪个单位主动联系的情况下，一个远在近2000公里外的内陆县竟主动进京，要求为国庆做贡献，这难道不是爱国热情和讲政治的强烈体现么？

日历翻到1999年1月3日，铜梁县城好一派热闹景象，新楼沐着阳光，花儿吐着芬芳，华彩缤纷的街道流淌着欢快人流……雄浑的乐曲中，铜梁龙舒爪亮鳞，尽兴腾舞。这一天，来自北京的国庆50周年群众游行指挥部负责人赵东鸣、李路、梁力生考察铜梁龙来了。

座谈会上，铜梁县领导温言细语，娓娓述说："铜梁古属巴国，巴人以蛇为图腾，能歌善舞，铜梁民间传说伏羲精魂化而为龙，降妖除疾，人类得以生存繁衍。铜梁境内溪河纵横，常有洪水肆虐，鲁班筑庙祭龙，降了洪魔，于是民间以龙为神，每逢年关或灾难时，总要玩龙祈福。铜梁龙灯这一巴渝奇葩从此开遍民间。"

专家们侧耳倾听，连风也停止了吹拂。

参观扎龙厂，厂长周建站在太平镇白杨湾岚垭上迎接。蒋玉霖是这位厂长的高徒，黑发油光闪亮，眉毛浓而秀美，在众目睽睽下，这位腼腆的青年脸上飞起了红晕。

周建出身彩扎世家，祖宗三代，三亲六戚都善扎龙。迎接北京贵宾，周建捧出精美的纸扎华表龙柱。专家们互相传递赞赏的眼色，严峻的目光中隐藏着一丝微笑。

周建手巧口讷。县委副书记管洪接过话题说："自1990年以来，参加国内外大型活动的铜梁龙都出自周建之手。他已将铜梁龙发展到第五代，原料改棉纸为丝绸，加钢丝泡沫和飞毛；着色改广告色为纺织染料。改造后的铜梁龙造型生动，线条流畅，轻盈美观，日晒雨淋，依然鲜丽。美国、法国、加拿大、日本和东南亚的收藏家喜不自禁。"

静观默察，专家们不吭声。

返回县城，已是暮色苍苍，一行人草草吃完晚饭，便匆匆奔赴铜梁中学体育馆，观赏龙舞专场演出。

丰富多彩的龙舞叩击专家们的心弦，精美奇特的龙制品点亮了一双双惊喜的眼睛，美不胜收，精彩纷呈。当粗犷古朴的火龙登场时，来自京城的考察组长赵东鸣连声喝彩："好！好！太好了！"

2

1999 年元旦刚过，北京喜讯便飞进了龙乡铜梁。

这时，县委、县政府领导紧皱的眉头舒展了，可是当他们展读完这胜利的消息后，神情又突然变得凝重起来。国庆办告知：铜梁龙是 10 月 1 日上午国庆游行队伍中唯一的一支外省市代表队；二是唯一一支没有北京市单位和群众配合，由铜梁县独立组队的代表队；三是外省市进京队伍中人数最多、规模最大的一支代表队，演职人员共 450 余人；四是唯一一支以艺术表演形式完成游行的代表队；五是 9 条金龙通过长安街时误差只能是正负 1 秒的 "8 分 06 秒"。

也难怪，这么多的 "唯一"，这么重大的政治任务，谁又敢高兴过早呢？

正所谓 "路漫漫其修远兮"，申办成功不过是 "万里长征"开头的第一步。且不说服装、道具的制作，也不论舞美、音乐的设计——虽然哪一样都是需要精雕细琢、精益求精的活儿，单是庞大表演队伍人员的选拔就堪称一项浩大工程。国庆办要求，

200 余名舞龙手必须政治思想强，作风纪律严，身体素质好，身高、长相、年龄等必须经过严格的挑选。无疑，这是需要铜梁县领导解决的第一道、也是最大的一道难题。哪里去找符合这么多条件的舞龙手呢？虽然铜梁优秀青年比比皆是，但要在短时间内找到那么多符合条件还将集中培训大半年的年轻人，无疑是件艰难的事情。一时间，各种顾虑困扰着决策者们。

真是众里寻他千百度，得来全不费功夫。正当县委领导们愁眉紧锁时，一阵清脆的手机铃音在县委书记腰间响起。"选取这样的舞龙手对地方来说可能是难事，但在红军团，几乎每个官兵都符合这些近乎苛刻的条件。"当时我任驻地红军团政委已经三年，铜梁县成功创建全国双拥模范城也进入了第二个年头。当我获悉县里因选拔进京舞龙手犯愁时，便主动打电话请战，愿与驻地共同担负这一艰巨而光荣的任务。

几天后，一纸关于请求支援铜梁龙进京参加国庆 50 周年献礼的报告逐级打到了成都军区。军区首长批示：这是好事，要作为政治任务完成好。

时值初夏，从我们红军团官兵中抽调的 225 名舞龙手迅即组成了舞龙队。

一群平时走惯了齐步正步的小伙子，一双双平时操枪弄炮惯了的手此时要拿起龙杆舞龙，谈何容易？于是，这些从未接受过任何舞龙基础训练的热血男儿，随着倒计时的逼近，战高温，斗酷暑，克服着种种难以想象的困难，谱写了曲曲迎难而上、顽强拼搏的感人颂歌。

舞龙队七排战士饶义，在训练期间由于长期睡地铺，患了严重的皮炎，全身红肿，疼痛难忍，但为不耽误训练，他一直没有去医院，只是叫战友从药店捎来一瓶药水，每天晚上熄灯后咬牙坚持擦一擦，至今身上还留有红红的斑点。战士高波在训练期间患重感冒，发高烧，四肢无力，但他仍然坚持训练，结果晕倒在了训练场。战士蒙祯运手背患囊肿，疼痛难忍，医生建议他尽快动手术，但他怕耽误训练，毅然推迟手术时间，忍痛坚持训练。战士陈路林在舞龙训练中脚踝受伤，仍然不下火线，忍着伤痛完成了任务。战士王秋明在前期训练中时常感到肚子绞痛，他担心请假影响训练，便将痛苦一直埋在心中，后来一次剧痛后到医院检查，才发现已经是晚期阑尾炎，他躺在病床上还流着眼泪祝福战友们演出顺利。云南籍战士张映坤连续收到两封父亲病危的加急电报，但他没有告诉领导，而是把电报悄悄藏起。第二天，家里再发急报，团领导才当即批准小张 4 天假期，回家看望病危中的父亲。就在他归队的头一天，他的父亲去世了，他把父亲的后事托付给乡亲后，朝着父亲的灵堂磕了三个响头便踏上了归途……这样的事例，在表演队可以说是举不胜举。还有杨义、朱伟、李建国、严宪海等等，他们在超强度的训练下，几乎每一位舞龙队员都比以前更瘦了，更黑了。我们或许记不住他们的名字，但他们都是令我们感动的一群年轻士兵。

3

1999 年 9 月 17 日，《重庆晚报》在显要位置刊登了一条消息：昨日上午，雨后的重庆大田湾体育场草地翠绿，即将启程赴京的铜梁龙灯在这里进行汇报表演，一展重庆 3000 万人民风采，这是我们的光荣和骄傲。看完后，市委书记贺国强同志说："真正能够打得重庆牌的，还是铜梁龙。"他同时对红军团的大力支持表示由衷的感谢。

9月18日，铜梁县、重庆市分别举行盛大出征欢送仪式，无数人民群众、少先队员手持鲜花彩练夹道欢送。随后，由重庆市副市长程贻举任总领队，市委宣传部副部长翁志明、铜梁县委书记和我任副总领队的500人队伍开赴北京，让享誉华夏的铜梁龙接受伟大祖国的检阅。一天后，北京的西客站一片欢声笑语，当铜梁舞龙队员们一走出大厅，就受到国庆群众游行总指挥部领导同志和第四指挥部全体工作人员以及北京市民的热情欢迎。游行指挥部的一份简报中这样写道：为尽早熟悉情况，千里跋涉的舞龙队员们不顾疲劳，出站后便直奔天安门广场，熟悉场地直至凌晨3时才返回驻地，这正是"铜梁龙"吃苦耐劳的精神，也是红军团战士的真实写照。

北京的秋天，说暖还寒。我翻开当时的日记，那些情景仍然历历在目："22日，同志们清晨出发，步行五公里到北方交大足球场进行节日板块合练，吃两餐干粮，晚上天很冷，13摄氏度，深夜去查铺，看队员被子盖严实没有，千万不能生病。我们期待着国庆那一天，全世界人民都看见中国龙的活力……""23日，全天训练，队员们士气很高，写决心书的同志不少，让人感动不已。晚上下起雨来，很担心同志们，我们几个领导也没休息，直到凌晨4时30分才返回宿舍，睡了一会儿……"

就这样，我们一天天紧张地训练着，一刻也未曾停息，哪怕是中秋佳节，舞龙队员也是训练到傍晚时分才回驻地。

伴随着亿万华夏儿女的心愿，10月1日像一朵盛开在中国版图上的红玫瑰，终于迎来了祖国50岁生日。

铜梁龙，舞起来；中国龙，腾起来！瞬间，鼓乐激荡，九条金色巨龙翩翩起舞，"大回宫""朝天子"，几个徐缓的套路，把舞龙队引至金水桥前。骤间，鼓点加快，如同疾风暴雨，套路转为繁复的"连环套",舞龙手飞挪腾跃,龙身起伏翻转,看得人眼花缭乱,热血沸腾。广场上、天安门城楼上的掌声和舞龙手"哈""嗨"的呼喊,汇成铺天盖地一片涛声,把龙舞推向高潮。

战士高山事后激动地说:"我不是靠双手舞龙,我用的是全部身心!我在心里喊着,祖国,你好!"排长李忠伟,第六条龙的舞手,他是流着热泪舞动龙身的。他在当天的日记中写道:我知道中央领导同志看着我们,全中国人民看着我们,全世界人民看着我们!我只觉得周身热血翻涌,每块肌肉都是力量,舞得特别顺手,特别有劲!

结束游行,舞龙队员们个个汗水湿透衣衫,情绪却仍然亢奋,大家回到驻地仍在一起高喊:"中国龙,腾飞!中国龙,雄起!"这一天,新华社向世界播发通稿,《人民日报》《解放军报》《光明日报》、中央电视台、中央人民广播电台等上百家新闻媒体,以图片、文字、音像等形式播发、刊登铜梁龙灯的精彩华段。铜梁龙灯表演队也受到了中共中央、国务院的通报表彰;中共铜梁县委、县人民政府被国庆游行总指挥部授予"优秀组织工作奖";战士们也被晚会总指挥部评为"精神风貌好、组织纪律好、训练效益好、演出质量好、团结协作好"的五好表演队,同时受到通报表彰。消息传回山城,军地领导也异常激动。重庆市委、市政府立即筹备隆重的总结表彰大会,部队军师党委也准备给战士们记功嘉奖。

一切的一切都将结束,所有的荣誉也显得不那么重要,唯有对祖国母亲的至爱和这段难忘的日子,将被所有的人和龙舞队员记住并永远铭刻在心。

太多的苦,太多的难,也都悄然退去。而那长城的雄姿、圆明园的沧桑将令我们永远难忘,永远激励奋进。

一个人的心
能走多远

写到这里，也许该画上句号，但有一个发生在队员们回归途中的故事却不得不说。这个故事，也是需要我们用心体味的。

那天舞龙队中队长张玉安的心情从登上火车的那一刻起，就倏然间变得沉重起来。结婚两年多了，爱人下岗在河北邯郸家中操劳着，自己仅回过两次家。不满两岁的孩子，可否知道父亲的模样？

张玉安沉思着，心里说不出是酸楚还是愧疚，只觉得欠父母的太多，欠妻子的太多，欠孩子的太多，太多太多。在上火车时，他给妻子打过电话，说他要随同志们一起返渝，不能回家。其实说这话时，他真的想哭。

在10多天前张玉安进京时，一个弱小的妇人怀抱小孩来到邯郸站台，苦苦地等着、盼着，但火车没有进站，也没有停留。火车呼啸而过，偌大的站台上，留下一个孤单女人在秋风中掩面抽泣：玉安啊，你咋停也不停一下？

想着想着，张玉安将头沉重地埋在胸前。

火车在铁轨上喘着粗重的气息奔驰着，张玉安感觉火车慢了下来。是的，邯郸站到了。经列车员特许，张玉安急急跳出车门，思念的目光在站台四处搜寻着，好几个怀抱小孩的女人在他眼前一一掠过，却没有他要找的人。3分钟后，列车就要启动。张玉安急得冒汗，爱人呀，你在哪里？时间在一秒秒过去。站台的另一边，当他的爱人意识到走错了方向时，慌忙抱着孩子一路折返。远远的，张玉安终于看到了妻子和小孩的身影。离列车开动仅有20秒了，张玉安抱着小孩亲一口，摸摸他的小手，连妻子脸上的汗珠都没有来得及为她擦一下，列车就徐徐启动了。

列车渐渐远去，追随着列车奔跑的女人的身影更加弱小，唯有幸福的、伤心的、思念的泪水还在风中飞扬……

面对这一切，我不禁想起了多年前写的一首歌词：当我还在襁褓中，/妈妈晃着摇篮轻轻地唱：/孩子你降生在中国，/这儿是龙的故乡。祖先给你一双黑亮眼睛，/祖先给你一张黄色脸庞，/秋冬春夏年年过，/褪不尽的胎记在心上。故土拥有三山五岳，/故土拥有泽国水乡。/故土拥有四大发明，/故土拥有宝窟敦煌。/故土拥有丝路驼铃，/还有那列阵的兵马俑多雄壮。/五千年中华文明史，/汇成滚滚东流的黄河长江。/儿子还在襁褓中，/我也晃着摇篮轻轻地唱：/孩子你降生在中国，/华夏就是你故乡。/祖先给你一双黑亮眼睛，/祖先给你一张黄色脸庞，/秋冬春夏年年过，/褪不尽的胎记在心上。/故土需要记住荣耀，/故土需要不忘旧伤。/故土需要播种理想，/故土需要收获希望。/故土需要儿女真情，/还有那智慧的山顶洞火光。/十二亿同胞同心干，/建设和平富强的龙的故乡……

1999 年 12 月写于铜梁

一个人的心
能走多远

站在凯旋门下的思索

前不久，我曾带团出访西欧。在法国巴黎，位于香榭丽舍大街端头那座雄伟的凯旋门，是我一定得去的地方。不为什么，只为我曾是一名军人，一个有过 30 年军龄的人民解放军退役大校军官。

正如其名所示，凯旋门是 1806 年拿破仑命令修建、用于迎接获胜将士归来的"世界最大之门"。它耸立在香榭丽舍大街一端，雄踞戴高乐广场中央。凯旋门高 50 米、宽 43 米，花 30 年工夫才告竣工，的确是一座美轮美奂、雄伟壮丽的大拱门。它的内侧刻有跟随拿破仑出征的 600 多名将军的名字，绘有拿破仑军队所向披靡的胜利路线，里面还有许多反映凯旋门历史的绘画、照片、黑白影像资料，等等。凯旋门四周那四组巨大的浮雕，表现了 1792 年马赛义勇军开赴前线的场景，这些作品堪称世界美术史上不朽的艺术杰作。凯旋门更是法兰西民族崇尚英雄、感恩军人的具体象征。值得特别提及的是，1920 年，为纪念那些难以计数的死难士兵，又在凯旋门内设置了无名战士墓，从那时点燃的"长明火炬"已经过去八十多年，至今仍然火焰未熄、熊熊燃烧。

我伫立在凯旋门前，抬眼仰望蓝得像海一样的长空，只见法国空军的多架战机正在紧张训练，喷气拉出的各种花样，时而像傲穹腾飞的白龙，时而像朵朵雪白的巨型菊花，好看极了。拾级而上，来到凯旋门正中的无名战士墓前，发现一位有些年纪的"志愿者"放下手中的水桶和崭新的毛巾，立在墓前默哀毕，便跪在地上逐一搬开所有花环，又跪着擦拭无名战士墓的每个部位，直到洁净得纤毫不染，才小心翼翼摆回花环，再次默哀后方缓步离去。在近一个小时里，他在做这一切的时候，神情始终那么专注、那般虔诚。这样的祭扫，据说每天都有一次，每次都是不同的志愿者，从来不会间断，已经成为凯旋门下一道特殊的风景。

我被深深地感动了。而随处可见的军人优惠待遇、荣军院、军人俱乐部等，更令我感慨不已、思绪万千。

军队是国家机器的重要组成部分，是人民福祉的根本保障。我军从诞生的那一天起，就以国家民族利益为最高利益，忠于党、忠于祖国、忠于人民，始终坚信"枪杆子里面出政权"，经过苦难岁月，经过浴血奋战，从小到大，从弱到强，用小米加步枪和前赴后继的牺牲，终于打出了红色政权，迎来了中华民族站立起来的庄严时刻。军人是军队构成的主体。军人是世间最为冒险、牺牲最大的一种特殊职业。毛泽东同志有句我们这个年龄耳熟能详的名言："没有一个人民的军队，便没有人民的一切。"

这是对我军伟大功绩的崇高褒奖，是对军人突出贡献的充分肯定。而我要说，没有伟大祖国对人民军队的哺育，也没有我们军队和军人的一切。祖国没忘记为她出生入死的优秀儿女，在奖赏他们政治荣誉的时候，也给予了他们相对的物质待遇。作为曾经的军人，我和战友们一样自豪骄傲、知恩知足。

站在凯旋门下，看着那位虔诚祭奠烈士的老者，倏忽间让我想起长眠边疆的战友。他们都很年轻，死时几乎来不及有什么遗憾，唯有刚毅和忠贞。烈士们的血迹早已干涸，亲人的泪水早已淌尽，而我们的记忆也逐渐淡出。这些年过去了，他们好吗？当我们的生活欢乐得"难以言表"的时候，当我们偶尔又为某些琐事愁烦得怨声载道的时候，还有多少人真正从心底想起他们呢？我永生忘不了十八年前南疆中秋节的那个夜晚，我和几个战友相约，带上月饼、白酒，还有水果和香烟，到四年前辟就的烈士陵园，看望那些牺牲的战友们。陵园依山而建，961座坟茔和961块墓碑一样规格，横列竖行，气势恢宏，一如我们的战士整齐列队，正在接受祖国检阅。夜已渐深，那轮中秋明月依旧很亮很圆。我们凭吊之后，又围坐月下各自发了一通感慨，才沿着笔直的石阶下山。突然，我们发现不远的山坳处忽闪着一星光亮，便壮着胆子近前看个究竟。一打听，才知道他来自河北农村，到这里是看望四年前牺牲的儿子。他坐在儿子的墓碑下，把着手卷旱烟告诉我们："孩子死时才17岁，他妈说儿子生就胆子小，打小好热闹。过中秋节了，让我来陪陪他，顺便捎了点河北鸭梨，他只喜欢这个。"我们禁不住泪湿眼眶，劝河北大叔到县城过夜，他说："不啦，今晚在这儿陪儿子说说话，明天就回老家了。"记得有位著名的西方军事家曾经说过："战场上倒下一个士兵，对世界只是少了一个青年，而对母亲则失去了整个世界。"望着天上那轮时隐时现的圆月，我知道现在正是万家团圆的时候，而对那些牺牲的烈士来说，他们母亲心上那轮明月将永远残缺，再也没有团圆的时候。我不知道，二十多年时光荏苒，烈士的母亲们能否支撑身体和心情再赴边疆看望骨肉，寄托无尽的哀思。战友们长眠边关，那安息的陵园周边是否日渐喧嚣而失去了往日应有的肃静？为国捐躯，他们无怨无悔。为祖国繁荣富强，是他们至死追求的目标。我在想，鲜活的年轻生命转瞬化为黄土，与烈士相比，我们活着总是美好的。

乘电梯到凯旋门上的眺望台，放眼四周，可以看到由凯旋门呈放射状延伸的 12 条大街人流如织，一派发达国家的景象尽收眼底。我们不禁感叹：无军不强，无兵不安，谁都无法避开这个定律。一支强有力的军队，是国家硬实力的象征。我国有偌大的疆域，有随时可能暴发的灾害，有多次外敌入侵的屈辱。一旦国难降临，军人必定当仁不让，慷慨赴死，义无反顾，用生命维护国家尊严。面对如此重大的历史使命，相信我的战友们会自强自重，永远服从党和人民的利益，坚决捍卫祖国和民族的荣誉。因为这是天职，责无旁贷。我们也欣喜地看到，随着改革开放不断深入和国民经济快速发展，党和政府始终高度关注着国防建设，军队各方面的条件持续得到了较大改善。水涨船高，相辅相成。我毫不怀疑"女大十八变，越变越好看"这句俗语道出的真理。

我在心底轻呼：记住士兵，更别忘了那些伟大的灵魂！感恩祖国，哺育了一支无往不胜的铁军！

仰望蓝天，法军战机还在不知疲倦地训练，拉烟画出的图案依旧那般引人入胜。凯旋门在梧桐树映衬下更显气度非凡，既威严端庄又多姿多彩。

2006 年 7 月写于重庆

"沉思者" 面前摔跤之后……

比利时是一个美丽的国度，她的首都名叫布鲁塞尔。

我们徜徉在并不很宽却格外别致的街头，见得最多的，要数那一尊尊栩栩如生的人物雕像。而最著名的，莫过于常年赤身裸体、顽皮可爱的尿童小于连。他被尊为布鲁塞尔第一市民。传说外敌撤退时要炸毁布鲁塞尔城，尿童在千钧一发之际，机智地尿熄了导火索，拯救了布鲁塞尔城免遭涂炭。

人们敬重心目中的小英雄，称他用冷静的思想和温热的童尿浇灭了灾难。我听得出来，在比利时人的讲述中，他们更愿把尿童当作智者来介绍。他们感激他的勇敢，更骄傲他的智慧。

在巨大的停车场上面建广场，这是布鲁塞尔人一个不错的创意。

霏霏秋雨中，人们躲进了商店，往时人头攒动的广场显得有些空旷和冷清。我们依旧顶着深秋的凉意，在细雨中亲密接触那些惟妙惟肖的巨幅雕塑。

我特别喜欢广场一角那个似乎行色匆匆而又一脸沉思的雕像。只见他微倾上身，缩着脖颈，有些杂乱的头发下双眉紧锁，眼神深邃，一件飘逸的风衣竖着领子，更显他思绪无疆和风度翩翩。导游小吴告诉我，这个"沉思者"据说是西班牙人，名叫巴特洛斯，是欧洲一位有名的思想家。可惜我后来通过多种途径也没查到这位巴某人的任何资料。

不过，喜欢思考的人，永远值得崇拜和景仰。我站到巴特洛斯身前，学着他的样子拍了一张照片，同事们几乎齐声叫好，都说表情很酷，我也把得意写在了脸上。

随着人流前行，得意尚未散尽，我的左脚踩到了用于滤水的铁箅子上，猛然间脚下一滑，人被重重摔倒在湿漉漉的地面，顿时疼得我龇牙咧嘴，眼前直冒金星。同事们呼地围拢过来，惊愕、问候、搀扶，使我愈发觉得没了半点颜面和斯文。为了掩饰尴尬，我自嘲道："在'沉思者'面前摔跤，太丢人了。我的教训在于，没看准就下脚，只能是咎由自取，活该！"

坐在地上一边揉腿一边想，这一跤摔得颇值。为啥？因为摔在思想家巴特洛斯的注目下，在特殊的地方以特殊的方式给了我一些本不特殊的人生感悟。若在平时，即使摔得再惨，谁会痛中"沉思"而立刻收获那么多启示呢？

失足成恨，我在心底愤恨自己太过浮躁。不就是照相时摆了一个自鸣得意的姿势么，不就是得到了同伴们几句夸赞么，这有什么了不起呢？哪里值得如此忘乎所以呢？小时候，我曾因在疯玩中得意忘形而摔破过下腭，奶奶说："你看看，欢喜必有忧吧。"那时人小，从未想过是啥意思，即使想，怕也是想不出个所以然来。

后来当兵了，在冰天雪地中训练低姿匍匐，要求四肢伏地，快速爬行。我趴在地上，心想，这低姿匍匐很好，趴得越低，目标越小，越不会被敌人子弹打中，这是一种自我保护训练呐！人生恐怕也是如此，要低调，要踏实，太过张扬，早晚会"中弹"的。那时便想起奶奶的话多么富有哲理，可惜这会儿离奶奶远了，她生前的嘱告早被忘得一干二净了。

刚才钻心般的疼痛开始缓解，回望依旧"沉思"的巴特洛斯雕

一个人的
能走多远

像，我后悔自己关键时刻缺乏思考，盲目随人跟进，结果在真正的大庭广众面前摔了一次"洋跤"。抚痛思索，我至少应该想到，小雨浇湿的地面是滑的，被无数人踩过的铁算子是滑的，所穿的皮鞋底子是滑的……而我当时根本没想这些问题，加上过分夸张的愉悦，不摔你摔谁呢? 古人云: 行成于思毁于随。集大成者，无一不是善思者。他们在历练品德和迈向成功的征程中，每一个步履无不踩在"慎思"二字上。而缺乏独立思考，没有自我主见，习惯于人云亦云，"跟着感觉走"，其结果往往与成功背道而驰，甚至最终毁掉自我，这是盲从者的悲哀。三思而后行，任何时候都该记住这句话的分量。

在同伴们的拉扯下，我终于艰难地爬起来。腿仍然很痛，而心里似乎更痛。我感激大家的关爱，又埋怨他们初时没有提醒。我在想，当我即将踏上铁算子的瞬间，有谁大喝一声或推上一把，我还会摔跤么。其实，我也知道埋怨旁人是毫无道理的，但他们此时越显对我同情，我的心底越是对他们充斥着怨恨。我更知道人人都需要关心，它如一抹春风，能够慰藉人的心灵。但摔倒了，疼痛只有个人承受，别人谁也无法替代。在漫长的人生中，这种感觉可能不会常有。而一旦获取这种感悟，就请永生铭记在心吧，因为它实在太难得太珍贵了。

瞥一眼冷静的"沉思者"巴特洛斯，他仍在低头思索着什么，并没取笑我。他也许在想，这个来自东方的外国人一定摔得很痛，可他摔出什么感悟了吗? 要是收获的只有疼痛，那他可真白摔了。同伴们说: "慢慢走吧，尿童还在前面哪!"哦，智者于连，我来啦! 我俩不论谁是晚辈，你该不会笑我吧? 我虽然摔了一跤，但我毕竟重新站起来继续前行，尽管雨还在下，道路依旧很滑……

2007 年 3 月写于重庆

"四则舍" 伯父

1. 川东农家

小院周围，柳竹婆娑。银晓河顺山脚东去，河面上腾起袅袅轻雾。

隐隐传来鸡鸭猪羊的鸣叫，到处充溢着一片山村晨曲。

小院门前，挂满了一串串通红的辣椒和翠绿的榨菜。门扉的春联和一只灯笼显示出农家难得的喜庆色彩。

屋内，伯父端端正正地戴好呢帽，俨然一副国家干部的派头，他一边点燃纸烟，一边对从部队回家省亲的侄儿道："海娃子，走，跟伯父去赶场。"

侄儿："要得，走吧!"

2. 石拱桥上

伯父和侄儿从河边的小路走来。

石拱桥显得很苍老，正中一侧立着一个石雕龙头，龇牙咧嘴，形象骇人。密密的青藤爬满石桥，苔藓泛绿，只有一股不大的溪水冲击突兀的石头，河水清澈见底，泛着熠熠光亮。

偶有三三两两背着背篼或担着挑子的赶场人从石桥走过。

伯父和侄儿来到桥上。

伯父："我们歇口气吧，抽支烟再走!"

侄儿："来，伯父，给你抽支高烟儿。"

伯父："（接过）啥子高烟?"

侄儿："阿诗玛。"

伯父："我这也不差啊，喏，红塔山!"

侄儿："哟，伯父也操高雅哪!"

伯父："笑话，这不过小意思。"

伯父和侄儿对话间，不时有赶场人向伯父打招呼，他们有的称他"四则舍"大哥，有的叫他"四则舍"大叔，伯父乐哈哈地应答着，美滋滋地吸着香烟，慢悠悠地吐出一口烟雾，凝神处，颇有陶醉其间的感觉。

侄儿："伯父，你今天赶场打算买点啥?"

伯父："去了再说。今天呢，主要是去邮局取款，你堂哥在北方搞建筑承包，又给我兑了 1000 块钱来，这不，（从衣兜里掏出汇款单）你看吧。"

伯父掏汇款单时，一枚贰分硬币蹦出衣袋，落到桥下的溪水里，硬币在水中显得很耀眼。

侄儿："伯父，你的钱掉了。"

伯父："一个钢镚儿，算个球，走吧!"

3. 乡场上

乡场很热闹，人群熙熙攘攘，叫卖声不绝于耳，伯父和侄儿来到邮局。伯父取了款，认真地点数，脸颊溢着喜色。

伯父："给你一半，海娃子，在大城市当兵，没点钱怎么行?"

侄儿："我不要，伯父。"

伯父："嗨呀，你当我还是那些年啊? 拿着吧。我们今天好好在场上耍个痛快!"

4. 石拱桥上

夕阳衔山,晚霞如血,山野披上了一层金色的纱幔。伯父和侄儿赶场回来,又坐在石拱桥上歇息。两个赶场回来的邻居路过桥上,热情地"四则舍"大哥或"四则舍"大叔地打招呼。伯父照样热情地应答着,夕阳照在他的脸上,仿佛为他涂上了一层泛红的油彩。

侄儿:"伯父,有个事,我想问问你。"

伯父:"啥事?问吧!"

侄儿:"乡亲们为什么都叫你……叫你'四则舍'呢?"

伯父:"(陷入深深的回忆,本来舒心的脸上叠起了层层皱纹,伯父吐了一口烟雾,随着雾散,眼睛渐渐模糊)二十多年啦!"

(以下为回忆画面)

5. 川东农家

多年前的一个早上,伯母手里拿着三个鸡蛋,对正往头上缠白布帕子的伯父说:"我们家好几天没有盐巴火柴了,今天你把这三个鸡蛋拿到场上卖了,买一斤盐巴和一盒火柴回来吧!"

伯父看了看一脸愁容的伯母,接过鸡蛋用手绢包好,快快地朝乡场走去。

6. 乡场上

街上到处贴满了大字报,三五成群的红卫兵胳膊上戴着红袖章,身穿发白的军装,腰上捆一根皮带,趾高气扬地招摇过市,有如凶神恶煞。

伯父蹲在地上抽着旱烟，面前摆有三个鸡蛋，正和一个人讨价还价。

伯父："三个鸡蛋一角八，你拿走。"

买蛋人："你这鸡蛋像鸟蛋，哪里卖得起六分钱一个哟！算啦算啦，一角七，怎么样？"

伯父："哎，拿走吧！"

伯父来到一个小摊上买了一盒两分钱的火柴，转身碰到本村一个熟人。

（摊子里的盐篓上标有一角七分钱一斤盐巴的牌价。）

熟人："大哥，回吗？"

伯父："买一斤盐巴就回。"（回忆完）

7. 石拱桥上

侄儿："你还剩一角五分钱，能买一斤盐巴吗？"

伯父："我买了火柴，差两分钱才能买一斤盐巴。我想了半天，到底想出了一个法子。"

侄儿："啥法子？"

伯父："我转了五个摊子，每个摊子一次只买二两盐，一角七一斤，二两盐巴三分四厘钱，按老规矩，四舍五入，五次不就舍出来了两分钱？我花一角五分钱照样买了一斤盐巴。"

侄儿："伯父你真精明。"

伯父："当时认为精明，现在被别人当笑话，嗨！"

侄儿："原来如此，两分钱买了一个绰号。"

伯父不作声了。他站起来，正了正帽子，眺望着山巅那一溜暗红色的云彩，一个剪影呈现在他面前。少顷，伯父移目桥下，清清的溪水照样叮咚流淌，突然，他的眼光凝聚了，揭了帽子交给侄儿，蹬蹬跑下桥去。

　　早上掉下的那枚硬币，依旧熠熠闪光，伯父捡起来，郑重地用袖子揩干，装进了衣兜里。

2008 年 2 月写于重庆

一个人的 心
能走多远

"三进三同"日志

3月29日　星期一　阴有小雨

今天出发赴万州区郭村镇安全村实行"三进三同"。我们市局机关一行 18 人由我带队，大家都很兴奋，一路欢歌笑语，遐想连绵。

我住在 5 组王朝华家，他家条件尚可，两个儿子一个硕士毕业后现在三峡学院教书，一个还在念大学。朝华夫妇靠杀猪赶转转场供养两个孩子，还盖起了一座漂亮的砖房，的确不容易。女主人也特别能干，每天几乎没见她停顿过手中的活计。他们特别热情，特地到鱼塘捞了鲫鱼，甚至到镇上买了卤菜，生怕怠慢了我们这些"上头来的客人"。我们在心存感激的同时，从心底感到过意不去。我们是来学农的，不是来享福的，更不是来扰民的。明天还要跟朝华夫妇讲，万莫把我们当客人，要给我们派农活，要把饭菜简单化，只有这样，让人心里才踏实。

晚饭后，我和同伴冒着霏霏细雨在乡村马路上漫步，遥望远山影影绰绰的轮廓，闻着偶尔传来的一声声单调的狗吠，尽管暗香浮动的油菜花沁人心脾，但静得令人心悸的山野仍然显得那么荒僻。我在想，农村哦，哪阵子才能真正走近城市？农民兄弟们，什么时候才能齐刷刷地挺直那因辛苦劳作而长时间佝偻的身子?!

我是共产党员，还是领导干部，我们肩上的担子重呀！我们和农村将要走的路，其实还很长很长……

3月30日　星期二　小雨

早上下雨了，没法下地。上午先到6组组长家走访，顺便看望住在那边的几个同志，然后赴瑞池中学看望我帮扶的贫困学生王娟。小姑娘见到我很高兴，向我介绍了学习情况，并表示了不会辜负期望的决心。她这样懂事，我自然感到欣慰。送给她一些生活用品和学习费用，王娟的小脸红扑扑的，一直紧紧地挽着我的手臂，就像我的女儿一样，旁边那些同学看到此情此景，无一不流露出倾羡的眼神。我很遗憾，我没有足够的能力帮扶这些同样需要帮扶的孩子！刹那间，我多么希望自己是一个特别富有的企业家，让更多的孩子在没有忧伤的时光里安心学习。

同去的刚才、韩勇、田军三位处长也给他们帮扶的学生送去了关爱。

午饭后，我和潘仁安、田军一起挖地，干了两个小时，终于把那块地挖完了。朝华夫妇夸我们干得不错，像农民做的活。几十年没这样劳动过，技术还在，只是力气不如当年，自叹人已老矣！我尚如此，那些长期生活在城市，从家门到学校门再到机关门的年轻同志可怎么办？他们到农村"三进三同"一段时间，太应该了！

农村扶贫帮困的重点应在扶志扶智上，假以时日，终会发生奇迹。我们呢，我们何尝没有贫困？对农村缺乏了解，对农民缺少真情、冷漠、矫情、浮躁、清高……我们身上这些"贫困"，不是同样需要农民兄弟通过言传身教给予帮扶么！

3月31日　星期三　阴

早饭后去看望"穷亲"马培堂，送上带来的部分生活用品，73岁的老人连声道谢。我很怅然，安全村628户人家，2400多人口，像马培堂这样的贫困户大有人在。除自然条件外，他们多是因病致贫。许多年过去了，现状并无太大改善。实质上，这样的人家已无力脱贫。一个村就有这么多贫困户，全市、全国将是一个多么庞大的群体？看来，社会救助、普惠百姓，还不是一时半会儿能彻底解决的事情。

随后，书记和村主任陪我走访了三户危房人家，看后令人心酸。接着又现场查看了两条尚未硬化的公路，虽然不到四公里，那可关系到不少村民出行啊！对了，村委会连个厕所都没有，很不方便，村干部们委婉地向我们提出了要求。明天曹局长在万州陪完市领导后，要来安全村考察，我暗下决心，一定请他看看这几个点。他是从农村走出来的领导干部，他特别了解农村，对农民充满了深情。我想他肯定会答应这些请求，也肯定有办法解决这些村民们看来如同天大的实际问题。

我和安全村的乡民同样期待着！

4月1日　星期四　雨

曹局长来得很早，听了汇报，又看了几个点，情况问得很仔细，很具体，一看就晓得他有意为村镇办几件实实在在的好事。虽然时间很紧，他还是专程看望了结对帮扶的穷亲和学生。曾多次受到曹局长资助的周薇同学很乖，放下曹伯伯送的一大堆礼品，兴奋地要求给大家表演一个舞蹈。看她又唱又跳的认真劲，令人感动。我在想，如此聪颖的女孩，要是出生在城市，会是一种什么景象呢？看来只有像曹局长鼓励她的那样："必须拼命读书，才能彻底改变自己的命运。"小周薇你知道吗？我们也在心底为你祝福呢!

今天下午的劳动场面很热烈,我们和村民一起下网打鱼。虽然冒着雨,虽然网技差,但我们干得很欢实。看看自己辛苦换来的劳动成果,每个人脸上都满是笑意。晚饭由我主厨,主打菜是酸菜鱼。镇村领导都来了,他们和房东都说味道极好,我也感到评价并不过分。要知道,上灶做饭,本是难不住我的。喝了几杯白干,心还在想,明天该返回了,光阴流逝得似乎快了些。窗外那淅淅沥沥的春雨,可是想留住我们归途的脚步?一声紧似一声的雄鸡晨鸣,是否告诉我们莫忘乡亲的炽热、山野的温润?

再见了,安全村,我会再来,我和我的同事们要把这几天敲定的几件对口扶贫事情办好!

再见了,乡亲们,在我心之一角,将会永存思念你们的空间!

2010 年 4 月记于万州郭村镇

常戴手套的罗书记

油菜花暗香袭人的季节，我和同事们冒着春雨奔赴渝东最偏远的一个高山小村"三进三同"。那个地方叫安全村，是我们定点扶贫的一个村子，每年要去好几次。过去，乡亲们说起他们的村支书罗继明，总爱把"我们一把手说的、我们一把手晓得"这样的话挂在嘴上。看那神情，满怀信赖、充满深情。而这次，发现村民们对罗支书的称呼变了，再没人喊他"一把手"了。这是为什么呢？我们都很纳闷。而罗支书似乎也变了，变得更富活力，更有朝气，更加充满自信和希望。在村委会，他扬了扬那只戴着白线手套的左手，大声武气地告诉乡亲们："大家放心吧，女大十八变，越变越好看，明天的安全村保证好得很！"

我们在安全村同吃同住同劳动，受教育，受震撼。罗支书今年 55 岁，19 岁入党当村干部，至今已有 36 年。他深爱这片海拔740 米的土地，熟悉 628 户 2400 余人口的所有情况，操心全村以烟叶、榨菜、养牛为主要产业的增收计划，忧虑交通不便、饮水困难给村民生活带来的影响。安全村去年人均纯收入超过 4000元，很多人家盖起了洋楼，有的还开上了汽车，可他自家房窗玻璃破了都顾不上更换。他每月只有 420 元津贴，而他总说这是"工资"。他很得意并看重这点，尽管每月因公电话就要耗费百元开外。每当村民们尊上一声"一把手"或是"罗支书",他的胸腔就像灌满了蜜。看得出来,他是一个知足感恩、乐在其中的"基层干部"。

他幸福地告诉我们,这些年来,村里特别崇知重才、尚学树人,全村现有30多位大学生,硕士生也有8个,这些可是安全村真正的本钱和希望啊!为了劝学,为了得到助学贷款,他这个村支书没少磨嘴皮、没少跑腿脚,现在回味那些苦涩和艰难,心里反有一股甜丝丝的感觉。可是想起自家的一双儿女,他又觉得无比愧疚。因为成天忙于村务,对子女学习疏于督促,两个小孩都没考上大学,这是他内心一辈子的痛。老罗还是一个特别认真的人,他在无数次同村民的对话中,开场白总是那句硬邦邦的话:"政策规定是这样的……"那意思很明白:想让我违背政策办事,天王老子来找也不行。为了公正处理低保、计生等棘手事情,他对自己的亲戚异常刻薄,那是真正的铁面无私。

在村里,罗支书可是受人尊戴,这都是几十年来他用真心换得的。远的不讲,只说去年中秋节过后不久,由政府出资帮村里一个叫马云的五保户盖新房,老罗是"一把手",自然要忙前忙后张罗。定房基、购材料……连上房梁要放挂鞭炮都想到了。每当晚上,帮忙的人都回家了,他一人还借着月光在那搬石头,结果左手掌被一块大石砸中,顿时鲜血淋漓,被紧急送到镇医院,小手指截掉了,无名指也致残了,到现在还没痊愈。老罗特好面子,从此总用一只手套罩着。他甚至幽默地说,这下硬是名副其实的"一把手"了。村民们感动得不行,每当看到"上面来人",都要提起这事,都要为他们的好支书评残求情。老罗却说是自己不小心出的事,哪好意思去评残?再说呢,评残也不好听哪!村民们过去总叫他"一把手",现在人家真的残疾了,反而不忍心

一个人的心 能走多远

这样叫了，说是怕老罗伤心。

在我认识的众多"一把手"中，老罗的官儿可能最小，但最令人敬佩，永生难忘。他是飘扬在深山引领人们脱贫致富中的一面旗帜，更是我心中向其看齐的一面镜子！谢谢你，常戴手套的罗支书！

2010 年 4 月记于重庆

田埂上的身影

　　清明节前夜，全家人相互吆喝着早早洗漱上床，说好待天亮要赶回乡下，去老家祭祀往生的亲人。放下已阅读过半的传记文学《袁隆平传》躲进被窝，脑海里仍然翻滚着袁院士的一串串故事，直到梦中，依稀可见他头戴草帽奔走在田埂上的身影。

　　一大早，我们祖孙四代便乘车前往乡下，祭奠我逝去多年的母亲。她的坟地周边，尽是一片连着一片的水田。暖阳之下，闪着粼粼波光，偶有一只翠鸟掠过，仿佛戏春的精灵。环顾四下，辛勤的乡民或在犁田，或在育秧，到处都见他们在忙碌地躬耕。

　　我带着上小学的孙女来到近旁一块秧田，绿油油的秧苗长势喜人，似乎能听到它们成长中欢快的声音。育秧老哥笑着对我孙女说，认识它吗小妹妹？这是袁隆平院士研发的"巨丰5号"巨型稻，株高2.2米，抗虫害抗倒伏，分蘖多产量高，平均亩产达到800公斤，去年已在大足区拾万镇喜获丰收，我们今年将大面积种植，力争更高产量告慰袁老在天之灵。我抬眼远望，幻觉中仿佛又看到了袁隆平站在田埂上的身影，看到了他那满脸的憨憨笑靥。我在心底想，袁院士啊，您不愧是杂交水稻之父呢！您曾经牵肠挂肚的"禾下乘凉梦"，岂不是梦想成真了么！

　　我始终记得，参军前和母亲住在乡下，当年过得苦不堪言。

一个人的 心
能走多远

尤其是三年自然灾害，人们几乎从没吃过一次晚饭，要么黄皮寡瘦，要么浑身浮肿。敞开肚子吃顿饱饭，是我们苦苦追寻的梦想。父亲那时候虽在市粮食局工作，可也无力接济家人，20 世纪 70 年代中期，他还曾远赴东北半年，历经千辛为四川协调救命粮，个中滋味一言难尽。现在好了，我们不再为饥饿发愁，反而愁这肥硕的身材，特别是这滚圆的肚子。我想说，袁院士您也是我们最该祭奠的亲人，因为您是名副其实的粮食保障部长，更是一位普救世人的活菩萨！

看到茁壮成长的秧苗，面对薄雾中袁老亦真亦幻走在田埂上的身影，我五体投地跪下了……袁老啊，吃水不忘掘井人，吃饱饭的人们永生感激您！孙女也面对葱绿的秧苗扑通跪了下来，嘴里还不停念叨，袁爷爷，我要刻苦读书，学习您的唯实精神，追寻您田埂上的身影，把理想写在祖国郁郁葱葱的田野上。

杨丁丁，我们都在期待你！

——写在孙儿即将出生之际

　　丁丁，尽管你尚未出生，作为爷爷，我和你奶奶已在无数个夜晚商量，决定叫你这样一个小名。你要知道，在我们渝东老家，蜻蜓才被称作"洋丁丁"呢！我们从小就喜欢那些无忧无虑、飞来飞去的精灵。每当夏季，尤在暴风骤雨降临之前，它们就会成群结队在天地间快乐飞舞。那气势、那韵味，总会令人随着那些上下翻飞的小精灵生出无尽遐想。而更令人喜爱的，却是那通身透红的蜻蜓，它原本透明的双翅仿佛都是血红，透着凄美、透着顽强、透着一股无穷无尽的力量。

　　孩子，还有两个月，你将来到这个世界，从此走进我们一家未来的生活！

　　自从你母亲开始孕育你的时候，我和你奶奶、你父母和所有关注你成长的人，都在热切地期待你降生的那一天。我们将四世同堂。你曾祖父对此喜难自禁，我曾无数次想象你粉嘟嘟的脸蛋、胖乎乎的手足和你含混不清但真真切切呼唤我们的那个无比激动的时刻。

　　坦诚地说，孩子，我们希望你是一个男人，不是家门三代单传，你有延续香火的重任，而是生为男人，你会有惊天的哭声、有发达的肌肉、有宏大的理想，更有征服怯懦的勇气和力量。而你如果生为一个女人，我们也会同样欣喜，也许更为兴奋。因为你会免去许多轻蔑、许多挣扎、许多自责和冒险，当然也就免除许多羞辱和苦难。你只要天真、漂亮、智慧和健康，再辅以彬彬有礼、温文儒雅，那么孩子，我想告诉你，你的人生将会变得柔软飘逸、色彩斑斓。无论你是否喜欢，这都是我们对你衷心的祝愿！

丁丁，爷爷曾在军队工作过 30 年，从山城到冰城、从漠河到老山、从连队到师部、从列兵到大校，每一寸前行的路都充满着苦涩与坎坷。无论朝气蓬勃的昨天还是韶华渐逝的今天，无论在冰天雪地训练还是在老山战场穿行，我都曾在许多月朗星繁的夜晚，用"活人、好人、能人"这 6 个普通的字来作自我对话，并逐步规范为自己的人生目标。孩子，你别轻看这 6 个字，那可是我从你曾祖母不厌其烦的絮叨中悟出的长辈的期望。后来当了师团领导，我又特别喜欢用这 6 个字来要求那些年轻的战士们。而今偶与旧部见面，他们可能遗忘以前很多事情，但这 6 个字则是刻骨铭心，总会在我面前反复提起，内心还充溢着无尽感激。孩子，为了迎接你的降生，爷爷今天将它送给你，算是一份礼品，更是我们全家的一份祈愿！

一个人，当你有了生命，你便不仅属于你自己。你的健康、你的成长、你的欢喜和苦痛，将永远连着每一个亲人。你乐他笑，你痛他哭，这就是血缘，这就是亲情。二战时期一位著名的将军曾经说过，战场上倒下一个士兵，对军队只是失去一位战士，而对他的母亲，则是失去了全部的期许乃至活下去的支撑。因此，丁丁，为你美丽而圣洁的生命，为你至亲至爱的父亲母亲，为我们这些爱你爱得从心底滴血的一脉相承的所有亲人，你要顶礼膜拜上天赐予你的身体与生命，珍视它、爱惜它、捍卫它，无论环境多么恶劣，生活多么艰辛，我们对你第一位的希望，就是健康地成长、快乐地活着，一生活蹦乱跳、生龙活虎、欢乐快活。孩子你要知道，做一个长辈们"第一希望"的"活人"其实并不容易。从你具有生命那天开始，无以计数的疾病和防不胜防的人祸天灾随时可能向你发起袭击，你要抖擞战斗的精神，与其进行顽强的抗争，别忘了在你身后还有我们，所有亲人将是你坚强的后盾。孩子，你的生命像花儿一样美丽，你要学"洋丁丁"勇敢地栉风沐雨，你的生命就会春光无限、五彩缤纷。

当你在健康快乐成长而保有"活人"这个最低标准的同时，我们还希望你向着"好人"的目标迈进。在我们心目中，"好人"标准不外有四。一为达礼。泱泱华夏，文明古国，人称礼仪之邦，你生于斯、长于斯，自当礼数周到，方能左右逢源。孩子，无论你是男是女，都要刻意学习和训练举止言行、接物待人，要养成温良恭让、文质雅矜，举手投足、一颦一笑，彰显家教宽严，标示学养深浅，有礼才会被人称道，有礼才能在人群中充满自信。二为心善。慈悲为怀，乐善好施，见穷困生怜，视孤残如亲，堪为人类最崇高、最美丽的心灵，也是检验"好人"与否的基本标准。我们企望你一生被无穷的慈爱包裹，可你知道吗孩子，那要用真诚的付与去换取。这种付与在质而不在量，可能只是一句暖心热肺的话语，甚或一个从心里涌出的眼神。雪中送炭，人将感觉温暖如阳春，扶弱济贫，你会感受富得拥有天。三为自束。你将来到的世界五光十色，常常会令人眼花缭乱。在物欲横流的社会中，面对各种诱惑纷扰，你要学会自重自警，不为斗米折腰，不为外物所动，从严律己，自爱自珍。不悖良心、不违祖训、不失尊严，图洁净、谋和顺、享安平，黄金万两换不成。四为鄙悍。在你未来的人生中，你将不可避免地遇到一些欺软凌弱的怪象。这是文明社会的毒瘤，是万人唾弃的行径。你可能无力制止，甚至无法回避，但你可以幻化为一滴反射阳光的水珠，汇入充斥正气的社会洪流，鄙视它、厌恶它、荡涤它，用你的方式号召人们对它围追堵截。终有一天，阳光会变得更亲切，空气会变得更清新。孩子你看吧，美丽的"洋丁丁"生性温和却不失勇敢，它用飞翔带给我们向往，它驱蚊蝇捍卫人类健康，它抵性命预报风骤雨狂，人们赞它好漂亮、好朋友、好顽强，众"好"叠加，自是"好人"效仿的好榜样。

丁丁，你能拥有健康快乐，又善不断修身图好，作为长辈，按说我们理应相当满足。但是孩子，立足社会需要精到本领，望子成龙本是人类天性。你不要责怪我们苛刻，你还要尽力做个"能人"，这将裨益你的人生，也会添彩亲人的颜面。什么样的人才配称能人？衡量能人有没有具体标准？我们无法给你完整统一的答案，但我们有对你起码的要求和朴素的心愿。你应当具备服务自我、服务社会的一定知识。要热爱读书，要善于观察，要致力消化，知识是路条，是护佑你行走天下的保障。你还应当掌握适应生存、适应时代的一定技能，要肯于钻研，要大胆实践，要精益求精，技能是黄金，是递增你幸福指数的条件。孩子，我们心中的能人仅此而已。而你若是心有多远也能走向多远，我们当然求之不得。那要感恩时代的功德，自然也是你艰苦奋斗的心血结晶，我们只能数着你前行的脚印，在你身后映满祈祷和祝福的眼睛。孩子你要明白，通往能人的路并不平坦，充满着荆棘与险峻。你看我们盛赞蜻蜓，不仅因为它的智慧与美艳，更为它的胆魄和坚韧。它以纤弱身躯迎风斗雨，是它坚信雨过便是碧空蓝天。孩子，只要你像"洋丁丁"那样矢志不渝，终会心到情到，金石为开，插根筷子都能长出竹子来。你要悉心品味我们送你小名的良苦用心啊，我的乖丁丁！

　　加油吧孩子，我们看好你呦！

2010 年 6 月写于重庆

心窝窝里飞出的歌

时光如流水，不分白天黑夜，永远奔流不息。正所谓：逝者如斯夫，不舍昼夜。不知不觉，就到了退休的年纪。刚退下来那些天，突然离开了熟悉的工作和环境，离开了可亲可敬可爱的领导、同事、部属，确实有些寂寞、失落和无聊。嘿，想必其他同志也有类似感觉吧！

其实，每个退休人员都是一本书、一首诗或是一支歌。退休的日子，我重拾少年梦想，整理整理曾经写下的那些文字，也开始尝试着写了几首歌词。人总是不甘于平庸生活的，老了也想着学点新东西，让自己感觉活得有意义，无愧于退休时光。

我的老家在丰都。一个人最珍贵的记忆，总是留在故乡。退休的人，有了一个没有归期的长假。每年夏天，我便回到老家南天湖避暑。每天徜徉在美丽的南天湖畔，心中顿时荡起圈圈涟漪。

夏天的南天湖美到极致，湖天一色，互为一体，分不清地上的是天还是天上的是湖。湖里漂泊的白色云朵，就像朵朵硕大的棉花，躺在那颗蓝宝石的心里。小时候，奶奶告诉我：每年到了八月十五，天门就会打开，七仙女就会结伴下凡。一次，其他六姐妹都回到了天上，最小那个仙女却万分留恋人间，嫁给了一个叫董永的穷书生，从此过着幸福的生活……当我走过草场，看到悠闲的牛群啃着青草，偶尔传来的铃铛声，那么清脆，那么亲切。正是这些，唤醒着我的童年记忆。

于是，就有了《南天湖》这首歌词：

像一颗蓝宝石来自天外
飞落玉皇峰化作蓝色的海
从此叫你一声南天湖哦
湖光山色醉心怀

奶奶说八月十五天门开
那是七仙女翩翩下凡来
撩开面纱的南天湖哦
美轮美奂惹人爱

南天有湖天上来
阿哥壮来幺妹乖
牛铃声声响耳畔
霞光万道照瑶台

回望多彩南天湖
轻唤一声我的爱
阿哥唱来幺妹舞
人间仙境等你来

一个人的 心
能走多远

这，或许是我心中对南天湖那份深深的爱。

故乡的景，故乡的人，汇成了浓浓的故乡情。时隔不久，我听说了丰都一个外出务工青年回乡创业的故事，十分感人。按捺不住心中的激动，当场写下了《南天湖的月亮》：

两只夜莺　在树林间鸣唱
我们手牵着手　在湖畔徜徉
月亮之下　说着我们的孩子
说着我们的过去和梦想

满天星辰　在南天湖荡漾
曾经远走他乡　为生计奔忙
点点滴滴　积攒未来的希望
只为将来　生活瓜甜果香
心爱的人呀　我将不再远行
陪着你　踩热这一地的月光

如今我回到久别的家乡
回到你身旁　回到我家乡
从此不分离　未来一起闯
一生一世　守着南天湖的月亮

如今我回到久别的家乡
回到你身旁　回到我家乡
乡村大发展　家乡有希望
一生一世　守着南天湖的月亮

我想，每一个从城市返乡，回到家乡奋斗的人都值得我们尊敬和赞扬，他们放弃了多年在城市打拼的基础，放弃了物质繁华的大都市生活，回到家乡，在乡村振兴中找到自己的人生价值和意义！我始终觉得，南天湖就是每个丰都儿女的家乡，寄托着家乡深切的愿望——希望回到家乡、建设家乡的年轻人越来越多，用自己的青春让家乡变成理想的模样。也正是因为有歌中这样年轻有为的知识分子回乡创业，带动父老乡亲们努力奋斗，才有了更多发家致富、乡村振兴的美好故事。

　　祝福故乡。

　　赋闲在家的日子，常常会独坐庭院，一杯茶，一本书，听风观雨，茶香书香，便温润了退休时光。这种时候，我对季节、生命有了一种新的体会。某一天，想起母亲的殷殷叮嘱、少年的奋进前行、一生的家国情怀，突然心生感悟，一气写下了姊妹篇《春语》和《冬愿》。算是以歌传情、以词寄意吧！

　　　　妈啊妈妈你快听
　　　　隆隆春雷响山涧
　　　　春雪开始化春水
　　　　寒衣褪去身更轻
　　　　百花竞放唤春燕
　　　　和煦暖阳最宜人

　　　　儿啊乖乖我的亲
　　　　布谷声声催人勤

一个人的心
能走多远

童子功夫多晨练

万物生长在春天

少壮敢吃千般苦

一生才能享安平

妈妈嘱托记心间

春风得意好前行

自信春播幸福种

秋后自有好收成

人间最是妈妈好

春必报答冬育情

儿要赶路趁天明

春晓正是好时辰

不论儿你走多远

后背映满我眼睛

妈在门前抬手望

盼儿有个好前程

今年刚立春　　母子两下分

明年立春日　　再相见

妈妈多保重　　儿子放宽心

明年立春日　　再相见

　　春天是美好的。春语恰如人生，总是在寒冬酝酿，在夏天绽
放，在秋天收获。这些，都离不开母亲深沉的爱。妈妈的嘱托，

是爱的絮语，充满着春的生机和温柔的呢喃，更像是一封家书，饱含着长辈的谆诲与大爱。

　　而冬天，看似草木枯萎，却在孕育生机，昭示春天的到来。当冰雪消融，迎来的是春光无限。

　　　太阳有些疲倦
　　　懒懒爬上山巅
　　　数着雪花的脚步
　　　留不住南飞的雁

　　　寒风吹过门前
　　　虫儿叫声渐远
　　　霜叶满地的山路
　　　挡不住追梦的人

　　　冬天悄悄来临
　　　小草并未休眠
　　　冻土下积蓄能量
　　　愿冬阳就在眼前

　　　既然冬天降临
　　　春天一定不远
　　　洒热汗储藏温暖
　　　化冰雪春光无限

　　　春为冬展现生命

一个人的心
能走多远

冬是春爱的母亲
想那一片繁花似锦
盼那一地暖暖的春

有了春，有了冬，不能没有夏。重庆的夏天，总是那么炽热。这让我想到了我们的党和每个党员。党是高天红太阳，我们每名党员就是太阳一缕光。党的初心是为人民群众谋利益，实现党的初心则需要每一个党员成为闪闪发光的先进分子，真正做到有信仰、有担当，才能做到聚人心、聚能量。于是就有了《我是太阳一缕光》：

党是高天红太阳
日照大地映海疆
聚人心，聚能量
复兴大船正启航
新时代，新梦想
一路豪歌向远方

我是太阳一缕光
入党誓言记心上
有信仰，有担当
逐梦航程甘做桨
当先锋，当桥梁
一花引来百花放

党是高天红太阳

我是太阳一缕光
阳光照得前路亮
莫问前路有多长
红船终将到彼岸
神州处处展辉煌

　　退休生活本无事业可言，无非就是玩玩兴趣爱好，努力发挥余热，做点公益的事情，给自己留下点有纪念价值的东西。在这个过程中，我收获了很多朋友、很多感动。写下的这些歌词，得到了青年音乐人和青年歌手胡海舰、千寻、杨代芳、伍新蓓、王觉、步欣浓、龙灵吒、谭小红的厚爱，为我作曲演唱；也结识了黄文鹏、姜连贵、龙泽索南、胡海涛、东方关达等新朋友站在我的身后热情捧场；还有张序、李建华、吴勇章、黄民成、周航等等老朋友一直的支持帮助，都让我十分感动。当这些作品被新华网、学习强国、华龙网、重庆电视台等媒体刊播时，当听到从自己心窝窝里出来的作品被传唱时，也会有一种满满的幸福感和小小的成就感。有时候，幸福真就这么简单。

　　人生啊，总会有许多缺憾，但只要热爱，生活也就有了意味深长的诗意。

人生一本书

　　人生是一本书，读别人、读自己，读不完、读不透，读着读着就老了。更多的时候，我们是在写一本书，从生下来那天就在写，写着写着也老了。这本书，你愿意也好，不愿意也好，都是非读不可、非写不可的，而且是非要读好不可、写好不可的。

　　杨伟智是我的老首长，亦是人生导师。三十年前，我当兵来到重庆。从那时起，便在他的注视下成长。三十年间，他身居领导岗位，思考得多，付诸笔端少了。但我知道，他其实一直在写。这本书，是有字的，也是无字的。这本书，也许没有漂亮的封面，没有精彩的插图，但他总是蘸着心血和时光，一字一句写成篇幅，一笔一画记录生命。

　　从来读书长精神，唯有写作悦身心。我知道，无论职务如何变化，岁月如何流逝，在他的心里，始终割舍不下的是对文字的那份依恋，对写作那份深深的情感。

　　去年初夏某天下午，老政委突然来电："哎——崽儿，有空过来一下！"

　　"首长，啥事？"一进家门，我问。他说："我老了也有梦想噻！"他说的梦想，就是饱览山川，出个集子。这个想法其实早已有之，只是苦于之前没时间、无精力，遂一拖再拖。

　　整理这本书稿时，我们从他几十年来创作的数百篇散文中，精选47篇作品成辑。书中收录的这些散文，有着作者儿时的回忆，也有着"出人头地"的梦想；有着对白山黑水的深情记录，也有着对故乡朝思暮想的眷恋；有着老山战场弥漫的硝烟，也有着和平时期的冷峻思索；有着身边人物的人生传奇，也有着重大事件的描写；有着钢铁男儿的粗犷，也有着剑胆琴心的柔情……这些作品的创作时间跨度几十年，曾陆续发表在《解放军文艺》《解放军报》《黑龙江日报》《西南军事文学》《乌江文学》和《重庆日报》等报刊。

　　静静地捧读这些作品时，仿佛就抵达了作者的内心。随着作者细腻而独特的视角，我试图解读作品中的深层含义。作为军人，他的作品中，那些叫作"正义""良知""勇敢""乐观"的词语，在暖阳下闪着光，给人以力量。作为领导，他的作品不只是个体生命的离合悲欢，也映射着时代的变迁和社会发展，寓意深远。作为长者，他的作品总是纸短情长，寄托着对子女、部属、年轻一代的美好愿望。我想，这大概就是他的创作初衷吧！以文字传递爱，就是他对亲人、对朋友、对军旅、对家乡深沉感情的最好表达方式。

　　职场上的他，有原则，正直，严厉而亲和；生活中的他，乐观，豁达，睿智而幽默。反正身边的这些战友、朋友，对他都又敬又爱，亦师亦友。甚好。

　　人生这本书，也许一生成不了杰作，也许一世成不了名著。多少悲欢，多少感悟，都将在光阴中慢慢模糊；几多风雨，几多甜苦，都是岁月赐予我们的礼物。愿时光不老，温润如初。

　　是为后记。

张序
2023 年 4 月 18 日